TROIS PETITS MOTS

TROIS PETITS MOTS

Sarah N. Harvey

Traduit de l'anglais (Canada)
par Laurence Bouvard

Conception couverture : **Jean-François Saada**
Illustration : **Jérôme Meyer-Bisch**

Cet ouvrage a originellement été publié sous le titre *Three Little Words*
par Orca Book Publishers.
© 2012, Orca Book Publishers, Victoria, BC Canada.
© 2016, Éditions Magnard Jeunesse pour la traduction.
5, allée de la 2ᵉ D.B. – CS 81529 – 75726 Paris 15 Cedex

 M.les.romans

N° ISBN : 978-2-210-96291-0

De bon cœur

— SID, JE TE PRÉSENTE FARIZA.

Sid lève les yeux. Megan se tient sur le palier de la cuisine, une main légère posée sur la tête d'une fillette vêtue d'un long T-shirt ample qui lui descend quasiment aux genoux. Ses pieds nus sont sales ; elle a les ongles des orteils mouchetés de lambeaux de vernis à ongles violet scintillant. Ses longs cheveux noirs bouclés sont emmêlés, comme ceux d'un caniche mal soigné. Un bracelet de perles entoure son poignet brun et menu. Elle a dû arriver dans la nuit, par le dernier ferry. Il n'est que sept heures, le jour se lève à peine. En été, Sid est rarement debout si tôt, mais aujourd'hui, il a promis à Caleb de l'aider à préparer le bateau pour la prochaine croisière de pêche.

— Salut ! Tu veux des Cheerios ? lance-t-il à la petite en désignant la boîte jaune posée devant lui sur la table.

Il se lève pour prendre un bol dans le placard.

Fariza tressaille et disparaît derrière Megan. Sid hausse les épaules et retourne à son journal. Ce ne sont pas les nouvelles qui l'intéressent, il ne les lit jamais. Il part du principe que si quelque chose d'important se produit – l'entrée en guerre du Canada, une nouvelle marée noire sur la côte, ou le divorce de Brad et Angelina –, son amie Chloé, qui habite juste à côté, le mettra aussitôt au courant. Chloé ne lit pas les journaux non plus. Elle consulte les actualités sur Internet : *CNN*, *TMZ* et le *New York Times*. « Les infos, c'est comme les œufs, il n'y a pas qu'une seule façon de les cuisiner », prétend-elle.

Ce que Sid aime dans le journal, ce sont les bandes dessinées. Et ce matin encore, il se pose les mêmes questions qui l'obsèdent depuis qu'il est en âge de déchiffrer une bulle : pourquoi la BD *Family Circus* est-elle encore publiée aujourd'hui ? Qui peut bien la lire ? L'apprécier ? Pourquoi les enfants de *Family Circus* ne vieillissent-ils jamais, comme dans *For Better or for Worse* ? Pourquoi sont-ils tous blancs ? Pourquoi leurs têtes ressemblent-elles à des ballons de football ? Sid déteste aussi *Hippolyte et Clémentine*. Et *Blondie*[1]. Il s'imagine que tous ces héros habitent la même banlieue sans intérêt, dans des maisons identiques. Le dimanche, les pères de famille tondent la

---

1. Publiées dans les journaux, *Family Circus*, *For Better or for Worse*, *Hi and Lois* (*Hippolyte et Clémentine* en français) et *Blondie* sont des bandes dessinées américaines et canadiennes célébrant la famille. Avec *Family Circus*, créée en février 1960, Bil Keane s'est inspiré de sa propre famille. Cette BD a été diffusée dans 1 500 quotidiens à travers le monde.

pelouse avant d'allumer le barbecue pour brûler la viande du dîner. Sid sourit. Et si les mères bourgeoises et coincées de ces familles parfaites trompaient leurs maris avec le facteur ? Ou devenaient lesbiennes ? Ou abandonnaient leurs enfants à des grands-mères indignes, accros au loto ? L'un des pères modèles pourrait plonger dans la dépression et se faire arrêter, après avoir braqué une supérette à main armée, vêtu d'un tablier à fleurs et chaussé de talons hauts appartenant à l'une de ses ex. Un autre se confesserait dans ses Mémoires, deviendrait riche, et mourrait d'une crise cardiaque, au lit avec deux amants mineurs déguisés en Batman et Robin...

— Qu'y a-t-il de si drôle, Sid ?

Caleb s'assied à table et attrape le paquet de céréales.

Sid secoue la tête.

— Rien. Je lis les BD.

— Tu as fait la connaissance de notre nouvelle pensionnaire ?

— Oui. Qu'est-ce qui lui est arrivé ?

— Placement en urgence. Contexte familial très compliqué à Vancouver. Pour lui permettre de rebondir, elle a été placée en foyer pendant six mois. Les services sociaux lui cherchent un placement à long terme. Ils pensent qu'elle sera mieux en dehors de la ville. Je ne peux pas t'en dire beaucoup plus.

Sid hoche la tête. Depuis toutes ces années qu'il vit chez Megan et Caleb, des douzaines d'enfants se sont succédé à la maison. Certains restent longtemps, d'autres moins ;

personne autant que Sid. Quatorze ans. Il est arrivé à l'âge de deux ans, après que Megan l'eut sorti de l'eau alors qu'il était en train de se noyer entre le *Caprice*, le bateau de Megan et Caleb, et l'*Amphitrite*, celui de sa mère baba cool. Sid n'a que de rares souvenirs de celle-ci et de l'épave sur laquelle ils vivaient. Le rafiot, qui portait le nom de la déesse grecque de la mer, était vert foncé et sentait le bois pourri et la drogue, comme Sid l'a compris depuis. Aujourd'hui encore, se trouver à proximité de quelqu'un qui fume de l'herbe lui donne la nausée. Le prénom officiel de sa mère est Devorah, mais elle s'est rebaptisée Devi, comme la déesse hindoue. Sur le certificat de naissance de Sid, son nom officiel est Siddhartha Eikenboom. Devant la mention « nom du père », la case « inconnu » est cochée.

Sid avait dix ans lorsque Megan lui avait montré pour la première fois son acte de naissance et lui avait expliqué que Siddhartha était l'autre nom de Bouddha. Ce véritable prénom et ce père anonyme l'avaient désorienté plus que contrarié. Son papa, c'était Caleb, non ? Megan l'avait rassuré et lui avait dit qu'elle était désolée de ne pas avoir d'autres informations à lui communiquer. Sid avait haussé les épaules et demandé la permission d'aller jouer avec Chloé. Le papier officiel était retourné dans le coffre de la banque. Devi avait disparu depuis longtemps, emportant avec elle le nom du père de Sid, si tant est qu'elle l'ait jamais connu. L'*Amphitrite* avait largué les amarres sitôt que Megan avait dénoncé Devi aux services sociaux. Cette dernière n'était pas revenue et ne leur avait jamais donné de nouvelles. Pour Sid, sa mère était une chimère aux longues boucles, rousses comme les siennes, de la couleur des arbousiers qui bordent la crique.

Sid a été le premier enfant accueilli par Megan et Caleb, et il sera probablement le dernier à partir. Il ne peut s'imaginer vivre ailleurs. Quand il a eu trois ans, ils ont quitté le bateau pour une grande maison près du port, et depuis, il y a toujours un ou deux enfants avec lui. Chaque fois qu'un nouveau arrive, Megan prétend qu'après lui, c'est fini. Mais Sid sait que c'est faux. Il sait aussi qu'il vaut mieux ne pas s'attacher à eux. Surtout depuis Tobin. Tobin a rejoint leur foyer quand Sid avait onze ans, et Sid pensait qu'il resterait pour de bon. Ils étaient « comme les deux doigts de la main », selon les mots de Megan. Sid croyait vraiment qu'ils construisaient leur cabane dans le verger où il s'installerait pour dessiner pendant que Tobin jouerait de la guitare. Mais un jour, Tobin lui a expliqué que jouer de la musique pour soi tout seul ne présentait pas grand intérêt, et qu'un public composé d'un seul spectateur, aussi enthousiaste soit-il, ne lui suffisait pas. Il est parti depuis six mois, peu après avoir fêté ses dix-huit ans. Il téléphone de temps en temps, en général quand il est en boîte de nuit, mais Sid sait qu'il ne reviendra plus. Pas pour habiter avec eux du moins. Depuis, il garde ses distances avec les enfants de passage chez eux.

— Quel âge a-t-elle ? demande-t-il.

— Huit ans, répond Caleb.

— Elle a peur.

— Oui, soupire Caleb. Elle a de bonnes raisons d'avoir peur, crois-moi. Il se peut qu'elle reste un bon moment chez nous.

— Cool ! Chloé a besoin d'une nouvelle mission. Elle me rend dingue !

Caleb éclate de rire :

— Tant mieux ! Les amis sont faits pour ça, non ? Il faut bien que quelqu'un te sorte de ce cahier.

Il désigne du menton un bloc de dessin à spirale sur la table près du coude de Sid, qui pose aussitôt la main sur la couverture éraflée, tout en sachant que Caleb n'y touchera pas. Respect et vie privée sont des valeurs sûres dans cette maison. Très sûres. Caleb n'a pas tort : seul, Sid passerait la journée assis à son bureau, à rêver et à dessiner. Il en oublierait de manger, de dormir, et ne se changerait jamais, en dépit de l'organisation simple qu'il a mise en place pour ses vêtements : de mi-mars à fin novembre, c'est une chemisette noire unie, une casquette noire, un bermuda en jean noir, des Vans noires, jamais de chaussettes. Quand il fait froid, il rajoute à cet uniforme une veste noire à capuche molletonnée. Dès les premiers jours de décembre, il met une chemise noire à manches longues, un jean, et échange ses baskets contre des boots sans lacets. Le modèle Roméo, celui des pêcheurs du coin. Il les porte avec des chaussettes de travail épaisses en laine grise à bordure rouge – sa seule concession faite aux couleurs –, et cache ses boucles sous un bonnet noir. Il possède aussi une doudoune noire *North Face* qu'il ne porte quasiment jamais. Pour Sid, faire du shopping est simple et plutôt indolore. Parfois, à l'occasion d'évènements festifs, Noël ou son anniversaire, il enfile la large ceinture noire, ornée de quatre rangées de clous coniques, que Chloé lui a offerte. Grâce à elle, il se sent aussi menaçant qu'un policier aux hanches lestées par un pistolet, une matraque ou un *Taser*. Mais quand il la met, tout le monde sourit, lui le premier. En réalité, il est aussi terrifiant qu'un coton-tige !

Quand elle parle de son enfance, Megan décrit Sid comme un petit bonhomme bavard, qui arpentait le quai à toutes jambes, chaussé de lourdes bottes achetées dans une friperie, et qui aimait inspecter les casiers à crabes, les rouleaux de cordage, mais aussi chasser les mouettes. Il la croit sur parole parce qu'il sait qu'elle ne ment jamais. Cet enfant n'existe plus. Le petit garçon impulsif d'autrefois ne fait plus que de brèves apparitions sur son cahier de dessin, perdu dans le gouffre qui sépare les deux bateaux, chaussé d'une seule botte. Il n'est pas malheureux pour autant, non, mais il ne viendrait plus à l'esprit de personne de le décrire comme « bavard » ou « impulsif ».

Il se lève et range son bol dans le lave-vaisselle.

— Qu'est-ce qu'on fait aujourd'hui ? demande-t-il à Caleb.

— Comme d'habitude. Tu nettoies le bateau pendant que je contrôle le moteur, puis on s'occupe du ravitaillement, et après, on passe chez le caviste.

— Qui sont les clients, cette fois ?

— Quatre gars de Calgary qui travaillent dans le pétrole. Ça signifie une cargaison de bières à prévoir ! On part demain, à midi. On revient dans une semaine environ, en fonction du poisson.

— Super.

Sid ne participe jamais aux croisières de pêche encadrées par Caleb, même s'il se sentirait à l'aise avec les occupants du bateau, de gros buveurs bruyants et chaleureux, au visage rougeaud. Seulement, il n'y a pas de place à bord pour une personne de plus, même aussi mince que Sid. Caleb dort dans le cockpit, sous une bâche quand il pleut.

Megan revient dans la cuisine alors que Sid remonte la fermeture Éclair de sa veste à capuche.

— Mes efforts ont fini par payer : Fariza s'est endormie.

Elle soupire.

— Pauvre chou. J'ai passé la majeure partie de la nuit avec elle. J'espère qu'elle ira mieux en se réveillant.

Caleb lui sert une tasse de café et la dépose entre ses mains.

— Assieds-toi, je vais te préparer quelque chose à manger avant qu'on parte.

Megan secoue la tête.

— Je n'ai besoin de rien. Allez-y.

— Tu es sûre ?

Caleb coiffe son crâne chauve d'une casquette rouge « Croisières Caprice ».

Megan hoche la tête et se tourne vers Sid :

— Chloé va passer tout à l'heure ?

Il hausse les épaules.

— Je pense. Peut-être qu'elle arrivera à faire jouer la petite.

— Peut-être, répète Megan en sirotant une gorgée de café. Si ça se trouve, Chloé est la personne qu'il faut à Fariza.

— Tu as sûrement raison : elle parle pour deux ! s'écrie Sid.

Caleb lui donne une bourrade amicale sur l'épaule et ouvre la porte de derrière.

— À tout à l'heure, Megan !

— Dis à Chloé que je serai là plus tard, ajoute Sid.

Lorsque Sid et Caleb rentrent, en fin de journée, Megan est en train de préparer le dîner dans la cuisine. Chloé et Fariza sont au salon, installées sur le canapé. Chloé est assise en tailleur à une extrémité, Fariza à l'autre bout. Une montagne d'animaux les sépare : ours, zèbres, chats, chiens, loups, baleines, biches, souris, perroquets, girafes, lapins, singes, vaches, pingouins, élans, agneaux, ratons laveurs, renards, chouettes et dauphins… Megan collectionne les peluches depuis des années. Chaque nouvel arrivant est autorisé à en choisir une. Sid a toujours le porc-épic qu'il a adopté lorsqu'il avait deux ans. Il l'a appelé Picpic et aujourd'hui, il reconnaît qu'il aurait pu trouver plus original comme nom. Durant toutes ces années, Picpic n'a pas bougé du rebord de la fenêtre de sa chambre, et laisse stoïquement ses piquants prendre la poussière. Fariza serre contre son cœur un flamant rose géant qu'elle tient par son cou décharné. Elle est habillée avec des vêtements que Sid reconnaît, car il les a vus passer dans la machine à laver. Les peluches ne sont pas les seuls objets que Megan collectionne. À l'étage, un placard complet déborde d'habits de toutes sortes, dans toutes les tailles. Un vestiaire complet, des tongs à la parka. Avec le contenu de ce placard, on pourrait habiller un village au complet.

Fariza a choisi un T-shirt rouge trop grand pour elle, un short ample et des Crocs vert fluo. Dès le premier jour, les enfants peuvent s'habiller comme ils le souhaitent. Megan pense que cela peut favoriser chez eux la sensation de contrôler leur existence. Sid se rappelle encore d'un pull rouge tricoté main, avec un vaisseau spatial dans le dos. Depuis, il prête toujours attention à ce que les petits sélectionnent. En observant Fariza, il se dit qu'elle ressemble à un garçon qu'on aurait habillé avec les vêtements de son grand frère. La plupart des filles qui séjournent à la maison ont une passion pour les jupes et les chemisiers trop serrés et trop courts. Elles fouillent l'armoire, se précipitent sur les couleurs vives et sur tout ce qui brille.

À son arrivée, Tobin avait échangé son jean de supermarché avec un kilt d'homme, qu'il portait avec un assortiment de chemises à carreaux froissées. Sid était certain qu'il allait se faire tabasser, au minimum harceler, mais non ; du moins, pas à sa connaissance. Le fait qu'à quinze ans, Tobin mesurait plus de deux mètres et était tatoué comme un guerrier des îles Samoa y avait certainement été pour quelque chose…

— Vous attendez l'arche de Noé ? demande Caleb à Chloé, tandis que Sid et lui retirent leurs chaussures à la porte.

— C'est tout comme ! répond Chloé. Megan était d'accord pour qu'on sorte les peluches. J'ai pensé que ça pourrait aider Fariza. J'ai voulu lui lire des histoires, mais elle a refusé de s'asseoir près de moi et du coup, elle ne voyait pas les images. Je n'ai pu ni la coiffer ni lui faire les ongles…

Elle bondit et déclenche une avalanche d'animaux. Fariza se recroqueville un peu plus dans les coussins.

Sid jette un coup d'œil à la pile de livres posée sur la table basse tout égratignée. Ses vieux albums préférés sont là : *Max et les Maximonstres, Qui voilà ?, La Promenade de M. Gumpy, Des myrtilles pour Lily*.

Après son sauvetage par Megan, le bonheur pour lui consistait à s'asseoir près d'elle, sur l'antique canapé en velours vert, et à l'écouter lire une histoire pendant qu'il dessinait le contour des illustrations du bout des doigts.

Depuis, il a lu beaucoup d'histoires aux nombreux enfants, effrayés, en colère, inconsolables, qui atterrissent chez eux. Certains s'avèrent incapables de rester assis longtemps, ou s'endorment avant la fin ; d'autres sucent leur pouce, tapent les livres du plat de la main ou en mordillent les coins.

Quoi qu'ils fassent, Sid continue à lire. « *Un soir, Max enfila son costume de loup. Il fit une bêtise, et puis une autre... Et puis une autre...* »

Il voudrait dire à Chloé qu'elle doit être plus patiente, mais elle est déjà en train d'enfiler ses chaussures, tout en se lamentant : elle est en retard pour le dîner, et comme elle n'aura pas mis le couvert, Irena, sa grand-mère, va la tuer. La patience, ce n'est pas le fort de Chloé. Sid jette un regard à Caleb, qui hausse les sourcils.

— Irena, c'est une main de fer dans un gant de velours, déclare-t-il.

La grand-mère de Chloé est une légende sur l'île : sévère, exigeante, mais aussi – Sid a pu le constater – intelligente, gentille (à son égard, du moins) et dotée de talents culinaires exceptionnels.

— Tout va bien ? lance Megan depuis le palier de la cuisine.

Son visage rond est rouge et moite, son bermuda, froissé, son T-shirt, taché. Elle essuie ses mains sur son short, le maculant de farine.

— J'ai raté quelque chose ?

— Pas vraiment. Chloé s'agite comme si elle avait une abeille dans son soutien-gorge, répond Caleb.

Sid ricane. Chloé pique un fard et le foudroie du regard.

— Quelle journée ! soupire Megan. Merci, Chloé. Sans toi, je n'aurais jamais réussi à tout faire. Tu es sûre que tu ne veux pas rester dîner ?

Chloé secoue la tête :

— Non, merci ! J'ai dit à ma mère que je rentrais.

Sid s'accroupit devant Fariza et la regarde dans les yeux. Il les supposait marron, ils sont aussi verts qu'une branche de céleri. Elle tourne la tête et enfouit son visage dans le ventre d'un panda. Mais cette fois, note Sid, c'est plus par timidité que par peur.

— Elle ne te parlera pas, assène Chloé. Tout ce qu'elle dit, c'est « s'il te plaît » et « merci ».

— Je sais, réplique Sid. Ce n'est pas grave. Au contraire, ça me fera des vacances ! Parler ou se taire, elle fait comme elle veut. Moi, ça m'est égal.

Il se redresse et tapote le crâne du flamant rose.

Chloé tourne les talons et sort en claquant la porte.

— Quelqu'un peut m'expliquer ? lance Sid.

Sid et Chloé se connaissent depuis toujours ; il est habitué aux ouragans d'émotions qui emportent parfois son amie. Mais ces derniers temps, elle est souvent à cran, en colère, ou contrariée. Il aimerait l'interroger à ce sujet, mais il est bien placé pour savoir qu'il vaut mieux ne pas poser une question dont on redoute la réponse. Il a appris à ses dépens que même si on le désire très fort, rien n'est acquis dans la vie.

— Ah, les femmes…, soupire Caleb.

— Ça veut dire quoi, ça ? demande Megan.

— Rien.

Il éclate de rire et l'entoure de son bras.

— Je ne peux pas vivre sans elles !

— J'aime mieux ça ! Sid, lave-toi les mains et mets la table, s'il te plaît. Fariza pourrait peut-être t'aider ?

Sid hoche la tête. Accomplir des tâches ménagères aide les enfants à se sentir mieux, selon une autre théorie de Megan.

Sa spécialité à lui, c'est la lessive. Sortir le linge propre du sèche-linge, le trier, le plier, le ranger. Mais il déteste le repassage. « Ce n'est pas un travail pour un rêveur », avait conclu Caleb après que Sid eut brûlé l'une de ses plus belles chemises.

— Yo, Fariza, lance Sid. Tu veux faire un brin de toilette avant de me donner un coup de main ?

Fariza cligne ses immenses yeux verts, puis se laisse glisser du canapé et détale dans la cuisine, entraînant le flamant rose à sa suite. Quand il la rejoint, elle est cachée derrière Megan et fait passer sa peluche d'une main à l'autre.

— Elle a une mauvaise expérience des hommes, explique Megan.

« Comme c'est étonnant ! » ironise mentalement Sid en sortant les couverts du tiroir. Chloé et ses amies passent des journées entières à se plaindre que les garçons sont des minables, et la douleur cuisante de l'absence de Tobin est toujours aussi vive en lui. Il dresse la table : couteau, fourchette, cuillère, couteau, fourchette, cuillère, puis serviette en tissu, pliée en triangle à gauche de la fourchette, et verre d'eau à la pointe du couteau. Fariza est sortie de sa cachette ; il sent qu'elle l'observe. Il pose une serviette

20

rose vif et un verre à l'effigie de la Petite Sirène sur la table, puis il tend l'index.

— Tu te mettras là, Fariza. Et ça, c'est pour ton ami, explique-t-il en installant une chaise supplémentaire.

Fariza y assied aussitôt le flamant rose, dont la tête bascule en avant, comme un invité qui aurait trop bu.

— Merci, murmure-t-elle.

— De rien, répond Sid en s'inclinant légèrement.

Tout est bon

CALEB AFFIRME QUE SID est le seul adolescent de la planète à ne pas considérer les vacances d'été comme l'occasion unique de dormir toute la journée, de rester éveillé la nuit, et de consacrer le moins de temps possible aux adultes. Sid n'a pas besoin de se chercher un job d'été, une chance qu'il apprécie à sa juste valeur. Caleb le paie chaque fois qu'il lui donne un coup de main sur le bateau, et comme ses besoins matériels sont minimes – un peu de papeterie, une ou deux sorties occasionnelles au cinéma ou au fast-food –, il peut consacrer ses journées à faire ce qu'il aime : dessiner, faire le tour de l'île à vélo, et nager avec Chloé dans le lac de Merriweather, qui est à une demi-heure à bicyclette de chez lui. Leurs excursions au lac suivent toujours le même programme : ils le traversent aller et retour à la nage (Sid gagne), ils se défient au poirier (Chloé gagne), puis ils s'allongent sur les rochers chauffés par le soleil, et dévorent un paquet de chips salées au vinaigre en papotant.

La plupart du temps, Chloé parle et Sid écoute. Après avoir consacré la matinée à dessiner, il est heureux de son babillage. Sans son amie, il se laisserait engloutir par le monde créé dans son cahier de dessin. Un monde qui l'a habité dès que Megan lui a donné une feuille et des crayons, et l'a assis à la table abîmée de la cuisine.

Depuis, chaque matin, il déjeune (Cheerios les jours de semaine, œufs brouillés le samedi, gaufres le dimanche), puis il aligne soigneusement ses crayons et ses feutres devant lui, et ouvre son carnet de croquis. Avant de se mettre à dessiner, il lève les yeux vers la fenêtre, vérifie quels bateaux de pêche sont à quai, combien de voitures font la queue pour embarquer sur le prochain ferry, et si l'aigle, que jadis il a baptisé Éric, est bien dans son nid, perché à la cime du pin qui surplombe le port. Après, seulement, il se met à dessiner. Il sait que ce rituel pourrait s'apparenter à un trouble obsessionnel compulsif. Il a même lu un livre consacré au sujet, histoire de vérifier qu'il n'était pas complètement fou. Mais il n'est pas obsédé par le lavage de mains et n'a pas d'autres pratiques bizarres. Cette routine ne fait de mal à personne. Il a appris à être flexible quand il le fallait. Il sait que Megan et Caleb se font du souci à ce sujet, mais ne vaut-il mieux pas qu'ils s'inquiètent pour ça, plutôt que de se demander s'il prend de la drogue ou participe à des rixes sur le parking du ferry après avoir trop bu ? Bien des enfants placés en foyer causent plus de problèmes que lui.

Aujourd'hui, une semaine après l'arrivée de Fariza, il s'installe près de la fillette dans la cuisine. Elle tient son flamant rose sur les genoux, et termine son bol de céréales qu'elle pousse devant elle. Sid et Fariza ont profité d'un après-midi pluvieux pour chercher un nom à la peluche. Sid a mitraillé la fillette de propositions : Franz, Fritz, Fanny, Frieda, Ferdinand, Fitzroy, Finn, Francine. Aucune n'a été approuvée par Fariza. Il ne s'est pas découragé pour autant : Flora, Floyd, Frodo, Fiona, Fred…

Soudain, en entendant ce nom, elle a souri et hoché la tête : le flamant rose était baptisé.

— Salut, Fred ! lance-t-il. Comment ça va ?

Mais bien sûr, Fred est aussi muet que Fariza.

— Ils étaient bons, tes Cheerios ? demande-t-il.

Elle opine de la tête.

— Je vais dessiner. On lira plus tard, OK ?

Nouveau hochement. Fariza débarrasse son bol et retourne près de Sid, après avoir confortablement installé Fred sur le canapé. Elle tend l'index vers le cahier ouvert sur une feuille vierge.

— Quoi ? Tu veux voir mes dessins ?

Gagné. Elle tourne la couverture.

Sid n'a jamais montré son travail à quiconque, à l'exception de Tobin, dont le commentaire avait été : « dérangeant ! » S'il ne cachait pas son cahier, il est convaincu que Chloé et tous les autres enfants placés ici y auraient jeté un œil depuis longtemps. Le précieux album est toujours avec lui ; lorsqu'il ne peut pas l'emporter, il l'enferme dans le coffre en bois de cèdre de sa chambre, avec les douzaines d'autres cahiers qu'il a remplis au fil des ans. Il achète toujours le même modèle, identique au premier que lui avait offert Megan. Même taille et toujours à spirale. La clé du coffre est suspendue à son cou sur une chaîne en argent.

Fariza caresse la première page. Sid prend une profonde inspiration. « Quel mal y aurait-il à lui montrer ? » pense-t-il. Ce n'est pas comme si elle allait en parler, et ces dessins ne sont pas si « dérangeants » que ça. À son avis du moins. La réaction de Tobin l'avait blessé. Bien plus qu'il ne l'avait avoué.

— J'ai commencé ce carnet il y a un an à peu près, explique-t-il. Ça se passe à Arum Titan, un village situé dans la vallée de l'Étrange.

Il se racle la gorge. C'est difficile de raconter l'histoire, presque plus que de la dessiner.

— Arum Titan doit son nom à une plante énorme qui pousse dans la vallée et dont la fleur peut mesurer près de trois mètres de haut. C'est bien plus grand que Caleb, précise-t-il. Elle sent aussi très, très mauvais, comme un gros prout puant…

Fariza pouffe, la main sur la bouche. Son rire est presque choquant, comme un chaton qui se serait mis à aboyer.

— Une seule personne dans le village perçoit cette odeur désagréable : lui !

Il désigne une toute petite silhouette vêtue d'un T-shirt à rayures et d'un short large.

— Billy, le personnage principal. Personne ne le croit, tout le village pense qu'il est dingue.

Il s'interrompt. Il ne veut pas lui dire à quel point Billy est maltraité, affamé, solitaire. Il ne veut pas lui avouer non plus que c'est le seul à ne pas avoir de bulle au-dessus de la tête. Il pressent que le mutisme de Fariza n'a pas besoin d'être encouragé.

— Bref, ce cahier décrit les… hum… aventures de Billy dans la vallée de l'Étrange.

Il le feuillette à toute allure jusqu'à une page vierge, qu'il arrache. Sous l'œil attentif de Fariza, il y trace deux rectangles superposés, puis la place devant elle :

— Crayons de couleur ? Feutres ? Fais ton choix. Je peux aussi aller te chercher des craies grasses.

Fariza contemple la feuille, mais ne fait aucun mouvement vers les crayons.

— Tu veux que je commence ?

Elle hoche la tête et l'observe alors qu'il se met à dessiner au feutre noir, dans la case du haut, un petit personnage féminin aux cheveux bouclés, assis dans un canapé surdimensionné, puis un flamant rose souriant, au long cou et aux pattes grêles entremêlées. Au-dessus de la tête de Fred flotte une bulle qui ressemble à un nuage floconneux. Sid colorie la peau de la fillette au feutre beige, son T-shirt en rouge, le flamant rose en rose, le canapé en vert. En haut de la page, il écrit : *Les Aventures extraordinaires de Fariza et Fred.* Les lettres sont petites et précises, comme celles que l'on trouve sur les plans. Il rend la feuille à Fariza, qui sourit et saisit un crayon de couleur.

Depuis, tous les matins, Fariza fait la vaisselle du petit déjeuner, puis aide Sid à trier les vêtements sales, avant de s'asseoir près de lui pour dessiner. Elle entasse solennellement le linge blanc d'un côté, les couleurs de l'autre, après avoir lu avec soin les instructions de lavage. Son rythme ralentit parfois, lorsqu'elle doit chercher l'étiquette d'un vieux short ou d'une chemise élimée. Sid ne la bouscule jamais. Il plie les vêtements propres, nettoie le filtre du sèche-linge et assemble les paires de chaussettes pendant qu'elle travaille de son côté. « Elle lit bien pour son âge », pense-t-il, alors qu'elle tient à bout de bras le chemisier en soie de Megan et désigne du menton l'étiquette « Lavage à sec ». Elle secoue la tête et dépose le vêtement à part.

— Bien vu ! lance Sid.

Fariza hoche la tête et se remet au travail, fronçant les sourcils lorsqu'elle ne trouve pas les instructions de lavage. Mais même sans étiquette, elle sait comment trier le linge.

— Elle l'a déjà fait, dit Sid à Megan un matin, en passant la tête dans le salon.

Fariza est en train d'installer leurs stylos et leurs crayons sur la table de la cuisine.

— Quoi donc ? demande Megan.

Elle est assise sur le canapé vert et consulte un livre de cuisine, ses lunettes demi-lunes en équilibre au bout du nez.

— La lessive.

— Ça ne serait pas étonnant, répond Megan.

Elle a pour règle de ne jamais raconter l'histoire des enfants qui viennent vivre chez eux.

« S'ils en ont envie, ils en parleront eux-mêmes, dit-elle toujours. Ce ne sont pas mes affaires, après tout. Par ailleurs, il vaut mieux juger les gens selon son propre ressenti, plutôt qu'en se fiant à un rapport rédigé par un travailleur social, crevé après une journée de boulot ! »

Ce n'est pas que Megan ait une dent contre les travailleurs sociaux – elle a exercé ce métier longtemps –, mais elle tient vraiment à ce que Sid et leurs pensionnaires tissent leurs propres liens. Elle n'accepte pas d'accueillir les enfants violents, ou ceux souffrant de problèmes de drogue et d'alcool, même si elle sait que la plupart d'entre eux ont grandi dans des foyers où la violence et la consommation de substances illicites étaient la norme. Certains ressentent le besoin de parler de ce qui a motivé leur venue sur l'île, d'autres non. Personne n'a jamais poussé Sid à se confier et, en général, il ne s'immisce pas dans la vie des gamins qui arrivent ici. Cependant, même s'il sait que Megan ne lui dira probablement rien, il y a quelque chose à propos de Fariza – son silence, peut-être ? – qui le pousse à vouloir connaître son passé. S'il doit poser la question, ce sera à un moment où la petite n'est pas dans la pièce. Il doit faire attention. Comme elle ne parle pas, on oublie facilement sa présence.

— Elle lit super bien, se contente-t-il d'ajouter.

Megan lève les yeux de son livre de cuisine :

— Vraiment ? Comment le sais-tu ?

— C'est elle qui déchiffre les instructions de lavage sur les étiquettes quand on fait la lessive. Et elle ne se trompe jamais. Il y a quelques jours, elle a repéré qu'il ne fallait pas mettre ton chemisier jaune en soie avec le reste du linge.

— Oh, merci, ma puce, je l'adore, ce chemisier ! s'exclame Megan.

Fariza et Sid s'installent côte à côte à table. Ensemble, ils fixent le quai pendant quelques minutes, puis Fariza tend l'index vers la cime du sapin et bat des bras.

— Oui, Éric est là, confirme Sid.

Il désigne une voiture verte qui attend dans la file du ferry :

— Chloé et sa mère vont en ville, on dirait.

— Ce weekend, c'est la Folie douce, déclare Megan. Je cherche une recette pour faire un nouveau dessert.

— Quoi ? Tu ne fais pas d'éclairs cette année ? s'étrangle Sid en posant une main sur son cœur. Les éclairs de Megan sont fantastiques, explique-t-il à une Fariza manifestement perplexe et inquiète. Chantilly et crème au chocolat. Mmmmh… Une fête de la Folie douce sans éclairs ? Pas question ! Pourquoi ne pas supprimer la salade de pommes de terre d'Irena ou le saumon au barbecue de Caleb, tant qu'on y est !

— Au fond, ce garçon est un vieux réac, ironise Megan à l'attention de Fariza.

Mais celle-ci semble de plus en plus déroutée.

— C'est-à-dire une personne qui déteste les change-ments, explique-t-elle. Sid, si tu veux des éclairs, il va falloir que tu les fasses toi-même. L'année dernière, j'en ai préparé trois douzaines, je passe le flambeau. Tu es partant ?

— On s'en charge. OK, la puce ? lance-t-il à Fariza, qui hoche aussitôt la tête.

— Vous ne savez pas dans quoi vous vous engagez ! rit Megan. Je ferai les courses aujourd'hui. La fête est dans trois jours, ne t'y mets pas à la dernière minute, Sid.

— T'inquiète ! Je t'aide à les préparer depuis que j'ai quatre ans, je devrais pouvoir me débrouiller !

Il s'assied à côté de Fariza et ouvre son carnet de croquis. Chaque jour, il arrache une page, la divise en cases et fait un dessin dans celle du haut. Fariza remplit les bulles de dialogue de Fred et continue l'histoire dans les cases du bas. Le lendemain, Sid illustre ce qu'elle a écrit la veille. Aujourd'hui, Fariza-BD et Fred-BD sont sur le point d'embarquer pour une promenade en kayak. Fred a du mal à monter. « Mes jambes son trop longue ! » annonce la bulle. « Je n'ai pas de bra, c'est toi ki va devoir ramé. »

Sid dessine la scène et rend la feuille à Fariza, qui se met aussitôt à griffonner dans la case du dessous. Son écriture est plus petite et plus propre que lorsqu'ils ont commencé à dessiner ensemble. Elle remplit de mots l'espace sous le dessin, ligne après ligne, les doigts farouchement agrippés au crayon. Elle a déjà une bosse de chair sur son index, exactement comme Sid.

Pendant qu'elle est occupée, il se penche sur les malheurs de Billy dans la vallée de l'Étrange. Pour la première fois depuis qu'il a commencé cette histoire, il se demande s'il va la poursuivre. Rien de bien n'arrive jamais à son héros ; peut-être Billy devrait-il s'aventurer dans la forêt de l'Arum Titan et mourir asphyxié par la puanteur ? À la découverte de son corps, sa famille comprendrait enfin qu'il avait raison : les plantes géantes étaient bel et bien toxiques. On érigerait un monument à sa mémoire, et basta, fin de l'histoire. Sid referme son cahier. C'est une première : il n'a jamais eu envie de tuer l'un de ses personnages. Il jette un coup d'œil à Fariza, qui noircit une nouvelle ligne en sortant la pointe de sa langue.

— Je reviens dans une minute, lui dit-il.

Elle opine légèrement de la tête, sans lever les yeux.

Il file dans sa chambre et attrape un cahier tout neuf sur son étagère de livres. Il retourne à la cuisine, et pendant que Fariza termine, il l'ouvre et écrit tout en haut de la première page : *Les Aventures extraordinaires de Fariza et Fred*. En dessous, il ajoute : *écrites par Fariza et illustrées par Sid*. Plus bas, il dessine la petite fille et le flamant rose assis sur le canapé, puis il prend la demi-douzaine de pages qu'ils ont déjà complétées et les scotche avec soin dans l'album.

— Maintenant, Fred et toi, vous aurez votre cahier. Comme moi.

Fariza l'ouvre et écarquille les yeux en découvrant son nom.

— Merci, murmure-t-elle.

Sa voix est un peu éraillée, mais douce. Elle caresse la main de Sid, attrape le bloc à dessin, le serre contre son cœur, glisse de la chaise, et part rejoindre Fred, qui l'attend sur le divan.

Morts de rire

— JE PARIE QUE TU AIMERAIS que Tobin soit là, lâche Chloé.

Sid hausse les épaules.

— Ouais, peut-être…

Il sent qu'il vaut mieux ne pas lui avouer à quel point Tobin lui manque. Chloé a toujours eu un faible pour Tobin, mais celui-ci n'était pas intéressé. C'est un sujet dont les deux amis ne discutent jamais.

— Tu te rappelles le jour où vous avez démarré la Porsche de Nancy Benton ? rit Chloé. Irena était folle de rage !

Sid sourit. Deux ans plus tôt, à la fête de la Folie douce, Tobin et lui aidaient les invités à se garer sur le champ transformé en parking devant la maison de Chloé, comme il le fait ce soir avec elle. Depuis trente ans, Irena organise chez elle une fête champêtre au cours d'un week-end d'août.

Tous les résidents permanents de l'île et leurs familles sont les bienvenus. Les vacanciers (Irena les appelle « les oisifs ») ne sont pas conviés. Comme elle connaît chaque insulaire, aucun intrus n'a encore réussi à s'infiltrer. Les parents de Nancy Benton habitent dans la crique voisine, de ce fait, sa présence est tolérée. Plus que tolérée en fait, car Nancy est une célébrité. Une fille de l'île qui a réussi à Hollywood.

— Nancy était d'accord, rappelle Sid. C'est elle qui avait proposé à Tobin de faire un tour avec sa Porsche, rappelle Sid. Je l'entends encore lui dire : « tous les garçons de ton âge devraient avoir la chance de toucher le volant de ce genre de voiture au moins une fois ». Il était en conduite accompagnée à l'époque, tu te rappelles ? Irena n'était pas la seule à être très énervée. Je me souviens que tu refusais de sortir de ta chambre…

Chloé renifle :

— Ce n'était pas pour ça, crétin ! J'en avais ras le bol qu'Irena me traite comme son esclave personnelle. « Chloé, apporte des chaises ! Chloé, l'argenterie ne brille pas assez ! Chloé, tu ne peux pas t'habiller comme ça ! Chloé, tu es coiffée comme un épouvantail. » Et de toute façon, cette Nancy Benton a un tel melon depuis qu'elle a réussi à décrocher un rôle dans une série qui cartonne… Maman dit que tout le monde a eu la délicatesse d'oublier quelle peste elle était au lycée !

Sid lève un sourcil :

— Depuis quand tu t'intéresses à ce genre de cancans ?
Moi, je l'ai trouvée plutôt sympa, Nancy. Peut-être qu'elle
va revenir cette année… en Ferrari ! Et ne me dis pas que
tu refuseras de faire un tour, cette fois !

Chloé lui donne un coup sur le bras juste au moment
où une vieille voiture bleu layette en parfait état, une
Studebaker, se gare dans l'allée circulaire. Un monsieur
âgé, très élégant dans son costume crème au chapeau coor-
donné, en sort. Il tend les clés à Sid :

— Prends-en bien soin, mon garçon !

Chloé lui tend le bras pour l'aider à grimper les escaliers
du perron.

— Ne vous inquiétez pas, M. Goodwyn, je lui réserve
la meilleure place, juste devant la porte, lui assure Sid.

Le flot continu des invités a commencé : ils arrivent à
pied, en vélo, en vieille guimbarde ou en 4 × 4 rutilant,
certains accostent même dans la crique en kayak ou en
canoë. Quelques-uns brandissent des bouquets ; une petite
fille a enfilé autour du cou un collier de fleurs, qu'elle des-
tine à Chloé. D'autres apportent des plats d'ailes de poulet
aux épices, ainsi que des assiettes en carton où sont empi-
lées des cookies, et des boîtes Tupperware de salade aux
trois haricots. Et des chips aussi… Une quantité astrono-
mique de sachets à tous les parfums. Sid connaît l'opinion
d'Irena : elle prétend que venir à une fête avec des chips et
des sauces dans lesquelles les tremper est un « péché mor-
tel ». Mais après une heure à gérer le parking, il se jettera
sur le premier paquet de chips qui se présentera !

Megan apparaît sur le perron en compagnie de Fariza, qui tient une canette de Coca-Cola dans chaque main. Ses cheveux sont séparés en tresses soignées, terminées par de minuscules perles en verre dépoli. Dès l'arrivée de la petite sur l'île, Chloé a eu pour mission de domestiquer sa chevelure folle. Elle a procédé par étapes, lui montrant d'abord des photos trouvées sur Internet, expliquant qu'il faudrait commencer par les démêler, mais que, grâce à une bonne dose d'après-shampoing, elle n'aurait pas mal. En fin de compte, ce furent les perles, bleues, vert tendre et laiteuses, qui la convainquirent. La mère de Chloé les avait dénichées lors d'une foire consacrée à l'artisanat local, des années plus tôt, et les avait rangées dans un vieux bocal qui trônait sur le rebord de la fenêtre de la cuisine. Chloé adorait les faire glisser entre ses doigts, comme de l'eau. Désormais, elles cliquettent au moindre hochement de tête de Fariza qui, lorsqu'elle est stressée ou fatiguée, tripote une perle translucide verte (de la couleur de ses yeux), toujours la même : celle qui pend près de son menton.

— On s'est dit que vous aviez bien mérité une petite pause ! lance Megan.

Fariza tend solennellement les sodas à Chloé et Sid.

— Rentrez vous préparer une assiette, on vous remplace, ajoute Megan.

— Tu es sûre ? demande Sid.

Megan sourit :

— Tu veux manquer la salade de pommes de terre d'Irena ?

— Ah, non ! Et je vais faucher quelques éclairs avant qu'ils aient tous disparu ! Tu en as goûté un, Fariza ?

Ils ont passé la journée de la veille en cuisine. Ils ont battu la pâte luisante, fait fondre le chocolat noir, et ce matin, ils ont coupé les éclairs en deux et les ont fourrés avec de la crème chantilly.

Fariza opine et se frotte le ventre.

Comme d'habitude, il y a plus d'invités que de sièges. Sid aide Caleb à sortir les chaises de la salle à manger, les tabourets, le canapé en osier du porche, une vieille chaise de bureau, et même la table basse. On jette des couvertures sur la pelouse, en ne laissant qu'un chemin étroit pour desservir le vaste escalier qui mène à l'intérieur. Les invités commencent à sortir de la maison, concentrés pour ne pas perdre l'équilibre : d'une main, ils tiennent leur gobelet en plastique rempli de vin, de l'autre, l'assiette chargée de nourriture. Les couvertures se transforment en nappe pour accueillir le pique-nique improvisé. Les chaises forment des cercles autour de tables invisibles. Plus le vin et la bière coulent, plus les conversations deviennent animées ; la bonne chère et le temps radieux font leur effet magique habituel. Les crissements des couverts en plastique sur les assiettes en polystyrène, semblables à des couinements de souris, sont étouffés par les éclats de rire et les pleurs d'un bébé fatigué. Quelqu'un a mis un vieux CD de James Taylor.

I've seen fire and I've seen rain
Sunny days that I thought would never end

I've seen lonely times when I could not find a friend
But I always thought that I'd see you again[1]

« Pourquoi ont-ils choisi une chanson aussi triste ? songe Sid. Tous les plus de dix ans ont forcément quelqu'un qui leur manque, un ami avec lequel ils ont partagé d'interminables journées ensoleillées par exemple, et qui a disparu de leur vie… » Mais personne ne semble remarquer quoi que ce soit. Ni Chloé, qui n'a jamais connu son père. Ni Irena, dont le mari est mort il y a quelques années. Ni Megan et Caleb, qui auraient peut-être préféré avoir leurs propres enfants, plutôt que de recueillir ceux des autres. Ils ont tous l'air heureux, insouciants. Même Irena, qui se montre souvent autoritaire et revêche, aime la vie qu'elle mène sur l'île : ramasser du bois, cultiver des framboises, régenter sa famille.

Lorsque la chaîne stéréo se tait, on sort les guitares des étuis, et les bongos prennent place entre les genoux nus de leurs propriétaires. Quelqu'un a apporté un banjo ; deux fillettes accordent de minuscules violons. De petites mains fouillent dans un panier rempli d'instruments miniatures : tambourins, triangles, maracas. Sid attrape deux kazoos et part à la recherche de Fariza. Chloé a rejoint un groupe d'amies d'école qui poussent des cris

---

1. *J'ai vu le feu, j'ai vu la pluie,/Des jours ensoleillés aussi, qui, je le croyais, dureraient toute la vie/J'ai connu la solitude, sans pouvoir appeler un ami à mon secours/Mais j'ai toujours pensé te revoir un jour.*

40

stridents et gloussent près du transat en osier où est allongé, torse nu, Craig Benton, le neveu de Nancy, une bière dans une main, une cigarette dans l'autre. Craig est un abruti. Du moins, c'est ce que pense Sid. Un loser, beau gosse certes, mais avec un petit pois en guise de cerveau et aucune ambition. Il a mis sa dernière petite amie enceinte. Elle a dû quitter l'école pour élever l'enfant. Sid ne peut pas supporter de voir Chloé s'approcher de ce type.

Fariza est sous le porche, pelotonnée sur une banquette, près d'une fenêtre, avec Fred. Elle a choisi l'un des emplacements préférés de Sid : la vue donne sur la pelouse et la mer. Quand il rend visite à Chloé et qu'elle commence à le fatiguer, il vient se réfugier là. Le revêtement rayé bleu et blanc du siège est usé, mais propre ; le plaid permet de se couvrir quand le temps fraîchit. Il y a toujours des choses à voir, ici : un remorqueur qui tire une digue flottante d'une longueur monstrueuse, un ferry qui part ou rentre des grandes îles, des mouettes qui se disputent le cadavre d'un poisson, un yacht luxueux battant pavillon américain, un monocoque à la voile arc-en-ciel, un groupe d'épaulards. Aujourd'hui, ce sont huit bateaux de pêche qui font route vers le nord. Fariza les signale à Sid, puis lui montre huit de ses petits doigts.

— Tu as raison, il y en a huit, approuve le garçon. Regarde, je t'ai apporté quelque chose…

Il lui tend l'instrument en plastique rouge.

Elle le prend, le retourne plusieurs fois dans ses mains, mais ne l'approche pas de sa bouche. « Elle ne sait pas ce que c'est », songe Sid.

Il s'assied près d'elle.

— Tu connais la chanson *Les Roues de l'autobus* ? lui demande-t-il.

Une nuit, il a entendu Megan lui chanter des comptines, pour l'aider à se rendormir après un cauchemar.

Fariza hoche la tête.

— Tu me la fredonnes ?

Elle opine de la tête, commence, Sid porte le kazoo vert à ses lèvres et se met à chantonner dans le tube. Fariza couine de joie et l'imite aussitôt. Après *Les Roues de l'autobus*, ils s'attaquent à *Frère Jacques*, *À la claire fontaine*, *Alouette*, *Ah, les crocodiles*, *C'est la baleine*, *Le Pont de Londres*. Fariza ne connaît pas *Puff, le dragon magique*, ni *La Semaine des canards*, mais accompagne Sid en battant joyeusement des mains. Quand ils ont épuisé le répertoire des chansons enfantines, ils s'installent sur la banquette et profitent de la musique qui arrive jusqu'à eux par les fenêtres ouvertes. Dès que Sid entend une chanson qu'il aime, il l'accompagne au kazoo : *Hey Jude*, *The Night They Drove Old Dixie Down*, *Scarborough Fair*… Mais lorsque les paroles de *Bad Moon Rising* résonnent, il pose son instrument pour mieux écouter.

I see a bad moon risin'
I see trouble on the way

I see earthquakes and lightnin'
I see bad times today[1].

Fariza l'observe. Elle serre Fred d'une main, de l'autre le kazoo. Ses paupières finissent par se fermer. Sid couvre la petite fille et le flamant rose avec le plaid et reste près d'eux tandis que le soleil se couche. Alors les invités prennent congé un à un, un guitariste solitaire entonne « *Bonne nuit, Irène, bonne nuit. Je te retrouverai dans mes rêves* », et la lune se lève sur l'océan.

Le lendemain, Fariza et Megan font la grasse matinée.
— Trop d'excitation, explique Caleb à Sid qui s'étonne. Fariza a passé une mauvaise nuit. Megan a eu un mal fou à l'apaiser. Rien ne marchait. Elles ne se sont endormies qu'à l'aube.
Sid se sent coupable. Peut-être n'était-ce pas une bonne idée de laisser Fariza écouter les paroles de *Bad Moon Rising* ? Elle n'a vraiment pas besoin d'entendre ce genre de paroles déprimantes. Il s'apprête à demander à Caleb ce qui l'a amenée sur l'île, lorsqu'il entend la voix de Chloé résonner dans la salle de bains. Soudain, il se rappelle qu'ils ont projeté d'aller au lac, et de partir tôt pour y passer la journée. Il n'a pas trop envie de dessiner en ce moment, et

---

1. *Je vois une mauvaise lune se lever/Je vois des soucis arriver/Je vois des séismes et des éclairs/Aujourd'hui, je vois tant de galères.*

il n'est plus allé au lac depuis que Fariza est arrivée. Une pause lui fera du bien.

L'air que fredonne Chloé lui est inconnu. Les goûts musicaux de son amie ont changé dernièrement. Elle est passée du rock indépendant à des chansons qu'il qualifierait de « girly ». Son iPod est rempli de morceaux qu'il ne connaît pas.

— Tu es un dinosaure ! lui a-t-elle asséné l'autre jour.

— Pas de problème, a-t-il riposté. J'ai toujours rêvé d'être un vélociraptor !

— Un diplodocus, plutôt. Tu sais, le gros plein de soupe végétarien qui ne jure que par les Beatles, James Taylor ou Simon et Garfunkel !

Sid monte dans sa chambre, enfile le short de bain bleu qu'il a acheté deux dollars à un vide-grenier, installe sa serviette râpée de Batman sur son T-shirt, comme une cape, et redescend. Pas de Chloé.

Il tambourine à la porte de la salle de bains :

— Tu es prête ?

— Minute ! Le lac ne va pas s'envoler ! proteste-t-elle d'une voix assourdie.

— Le soleil, si…, grommelle-t-il.

Il jette des bouteilles d'eau et des barres de céréales dans son sac à dos, puis enfile ses Vans. Depuis peu, Chloé passe beaucoup de temps à se coiffer et à se maquiller. Sid a l'impression qu'elle se remet du gloss à tout bout de champ. Auparavant, il leur fallait cinq minutes pour se préparer, pas une de plus : ils enfilaient un maillot de bain, un short et un T-shirt, prenaient une serviette, de la crème solaire, de l'eau, de quoi grignoter, fourraient le tout dans un sac à dos, et sautaient sur leurs vélos. Les choses ont bien changé. Pas en pire. Elles ont changé, c'est tout.

Chloé finit par émerger de la salle de bains. Elle porte le plus petit bikini que Sid ait jamais vu. Il détourne les yeux, surpris par la vision de sa poitrine qui a bien du mal à tenir dans le soutien-gorge du maillot, deux microscopiques triangles qui ressemblent à l'ouvrage au crochet sur lequel se penche Megan pendant les longues soirées d'hiver. Manifestement, Chloé ne déteste plus son corps comme lorsqu'elle était enfant. Elle se surnomme toujours « la paysanne polonaise » – petite, bien charpentée, visage rond, yeux marron, épaisse chevelure foncée –, mais désormais, elle le dit en riant. Elle prétend qu'avec leurs pommettes hautes, leurs longues jambes, leurs lèvres pleines, leurs cheveux blonds et raides, sa mère et sa grand-mère sont des princesses polonaises. Mais lorsqu'elle a eu treize ans, Chloé a reçu des atouts dont ni l'une ni l'autre ne peuvent se targuer : une poitrine généreuse et des fesses rebondies. Elle les appelle « mes B. A. », B, pour « boule », A, pour « airbags ». Quasiment du jour au lendemain, elle a troqué ses T-shirts trop grands et ses sweat-shirts informes pour des minijupes et des débardeurs, mais Sid n'a jamais rien vu d'aussi provocant que ce bikini. Il se fait la réflexion qu'au fil des ans, les maillots de bain de Chloé ont rétréci, alors que les siens sont devenus de plus en plus longs. À cet instant, il est plutôt soulagé d'avoir enfilé un short bien ample.

— Tu aimes ?

Chloé pivote sur elle-même comme si elle portait une robe de bal.

Son postérieur déborde d'une minuscule toile d'araignée en coton. Caleb toussote et disparaît dans la cuisine.

— Euh… Oui, beaucoup ! assure Sid. Mais tu ne mets rien par-dessus ? Genre, un T-shirt ?

Il se demande comment, dans ce napperon sexy, elle pourra être à l'aise pour pédaler sur les routes vallonnées de l'île pendant une demi-heure.

Elle éclate de rire :

— Bien sûr que si : j'ai apporté ça !

Elle enfile une tunique fleurie très fine, qui lui arrive juste sous les fesses.

— Je l'ai commandée sur eBay. Elle est trop belle, non ? C'est une Tory Burch.

— Ah, tout de même…, s'extasie faussement Sid.

Il n'a jamais entendu parler de Tory Burch, mais il présume qu'il faut paraître impressionné.

— Elles aussi ? demande-t-il en désignant les tongs ornées de grosses fleurs roses entre les orteils que porte Chloé.

— Mais non, crétin, celles-là, elles viennent du supermarché, je les ai payées cinq dollars ! Et oui, je sais, elles ne sont pas adaptées pour faire du vélo, alors j'ai apporté ça.

Elle brandit une vieille paire de sandales.

— Je ne suis pas complètement idiote, tu sais !

— Je n'ai jamais dit ça ! proteste Sid tandis qu'ils quittent la maison.

Écoute-moi bien

Lorsque Sid et Chloé reviennent à la maison en fin de journée, affamés, le visage rougi par le soleil, une voiture inconnue est garée dans l'allée, une vieille Ford Woody rouge, en parfait état. *Phileas Phine, artisan menuisier,* indiquent sur son flanc des lettres blanches en script. « Quelle idée d'appeler son fils Phileas ! » pense Sid en rangeant son vélo dans la remise.

— Elle est trop classe, cette voiture ! s'écrie Chloé alors qu'il revient.

— C'est probablement un gamin qui arrive.

Mais il a du mal à imaginer un travailleur social au volant d'un tel véhicule. En général, ils amènent les enfants dans des berlines ternes et poussiéreuses, beiges ou grises.

— Tu entres ? propose-t-il à Chloé.

— Non.

Elle remonte sur son vélo.

— Il faut que je me douche. T'as vu mes cheveux ? C'est un désastre ! On va en ville ce soir, avec des copines. C'est Craig qui conduit. Tu veux venir ?

— C'est sympa, mais non merci.

« Passer la soirée entre ce crétin et un groupe de perruches, merci ! » songe-t-il. Les amies de Chloé ne sont pas désagréables, mais il n'a jamais rien à leur dire. Il n'apprécie ni les films ni la musique qu'elles adorent. Et il n'a pas de téléphone portable. À quoi bon ? Le réseau sur l'île est, au mieux, intermittent. Et il n'a pas non plus accès à l'internet haut débit.

— Appelle-moi ! lance Chloé en s'éloignant.

Sid gravit les marches du perron, pose la main sur le bouton de porte en laiton usé, et s'immobilise un instant. Après une journée au soleil avec Chloé, il n'aspire qu'au calme et à la solitude, mais s'il y a un invité ou un nouvel arrivant à la maison, il va devoir faire un effort. Megan lui a appris les bonnes manières.

« On ne te demande pas de faire de grands discours, juste d'être poli », lui a-t-elle répété année après année.

Une poignée de main franche, c'est bien, parler dans sa barbe et regarder par terre, c'est mal élevé. Ignorer les gens, c'est pire que tout. Peut-être pourra-t-il s'en tirer avec un rapide bonjour et filer directement à la salle de bains ?

Mais à peine a-t-il poussé la porte qu'il sent la douche s'éloigner.

— Sid ?

C'est Megan. La voix vient de l'ancienne salle à manger, devenue, selon Caleb, « son poste de commandement et de remise en forme ». Un hybride entre le bureau, l'atelier d'art plastique, et le refuge. Lorsque Megan s'enferme, il ne faut pas la déranger, sauf en cas d'incendie. En général, la porte reste ouverte, comme aujourd'hui.

— On est là, chaton !

Chaton ? Aucun doute, il se passe quelque chose. La dernière fois que Megan l'a appelé ainsi, il avait six ans. Ils sont trois dans la pièce : Megan, Caleb, et un homme d'âge moyen qui s'avance vers Sid, la main tendue.

Sid la serre fermement, mais pas trop, comme Caleb le lui a appris, puis il recule d'un pas.

— Où est Fariza ? se renseigne-t-il.

— Elle fait la sieste, répond Megan. La journée a été difficile. Sid, je te présente Phil. Il est venu de Victoria pour te voir.

— Moi ?

Megan hoche la tête.

— Pourquoi ? s'étonne-t-il.

Il se tourne vers Phil.

— On se connaît ? lance-t-il en scrutant le visage étranger, à la recherche de traits familiers.

Phil est petit – un peu plus d'un mètre soixante-cinq – et musclé. Il porte un T-shirt blanc moulant et un pantalon large en jean souple, semblable à ces bleus de travail qui ont un anneau cousu à la jambe pour accrocher le marteau. Il est entièrement chauve. Sid réprime un éclat de rire : il ressemble à Mr Propre. Un Mr Propre qui aurait rétréci au lavage !

Phil se racle la gorge. Sid en déduit qu'il est mal à l'aise. Plus précisément, que sa présence le met mal à l'aise. Cela arrive si rarement que le garçon s'en réjouit presque, même si l'homme lui fait un peu pitié.

— Phil veut te parler, l'informe Caleb. On s'assied ?

— Je vais préparer du thé, déclare Megan en se précipitant dans la cuisine.

C'est au tour de Sid d'être mal à l'aise. Il est assis au bord de l'une des chaises de l'ex-salle à manger, soudain conscient que son short de bain est encore humide. Il n'arrive pas à imaginer ce que cet étranger veut lui annoncer. Non, ce n'est pas tout à fait exact. Il se l'imagine *très bien*, en fait. Quatorze ans qu'il imagine, qu'il redoute l'instant Dark Vador. Un homme étrange qui arrive et lui dit :

— Sid, je suis ton père.

Non, c'est impossible. Il y aurait forcément un petit détail, comme un orteil trop long ou une incisive recourbée, qui lui mettrait la puce à l'oreille. Il jette un coup d'œil aux Nike usagées de Phil. Aucune aide à chercher de ce côté-là. L'homme, assis en face de lui, ne sourit pas. Il se racle une nouvelle fois la gorge et lance :

— C'est joli, par ici.

Sid acquiesce.

— Un bel endroit pour grandir…

Nouveau hochement de tête. À la naissance des cheveux de Sid, la sueur commence à perler, puis à couler le long de la colonne vertébrale. Il est dévoré par l'envie de se réfugier sous la douche et d'y rester jusqu'à ce que ce nain disparaisse. Megan revient avec un plateau chargé de tout ce qu'il faut pour prendre le thé. Phil verse du lait dans sa tasse. Sid boit une gorgée d'eau de sa bouteille.

— Tu te souviens de ta mère ? demande Phil.

Sid secoue la tête :

— Pas vraiment. Juste de ses cheveux.

— Ils étaient magnifiques.

— Quoi ?

— Elle les a rasés quand ils ont grisonné, il y a quelques années.

— Oh !

— Tu n'es pas très bavard, fiston !

— En effet. Mais je ne suis pas votre fils. C'est Caleb, mon père.

Phil repose sa tasse et s'adosse à la chaise. Il expire avec force, comme les otaries qui viennent dans la crique. Une toute petite otarie.

— En effet, tu n'es pas mon fils. Et je sais que Caleb est ton père. Je suis un ami de ta mère, de Devorah.

— C'est elle qui vous envoie ? coasse Sid, la bouche soudain desséchée.

— Non, je ne sais pas où elle est.

— Alors, qu'est-ce que vous faites ici ?

— Je pensais qu'elle était venue te voir.

— Pourquoi l'aurait-elle fait maintenant ?

Phil hausse les épaules.

— Depuis qu'elle a arrêté de prendre ses médicaments, elle parle de toi tout le temps. Puis, un jour, elle est partie. Megan et Caleb sont certains qu'elle n'est pas sur l'île.

« Alors va-t-en ! pense Sid. Fiche-nous la paix ! » Mais une partie de lui a envie – a besoin plutôt – de savoir ce que cet homme veut lui dire.

Megan tend la main et lui caresse l'épaule :

— Je sais, ça fait beaucoup tout ça. Pourquoi n'irais-tu pas te doucher, histoire de te donner un peu de temps ? Phil reste dormir ici cette nuit. On aura le loisir de parler plus tard.

Il lui sourit, reconnaissant, et quitte la pièce.

Quand il redescend une heure après, Megan est dans la cuisine avec Fariza, perchée sur un tabouret, en train de lécher de la pâte sur une spatule. Caleb et Phil sont invisibles.

— Je les ai envoyés acheter de la glace pour accompagner le gâteau que Fariza et moi venons de préparer, explique Megan. Je me suis dit qu'on pourrait discuter un peu, avant leur retour.

Sid s'appuie au comptoir, dos à la fenêtre et à l'évier.

— OK. De quoi ?

— Tu es prêt à en savoir plus sur ta mère ?

— Je ne sais pas. J'imagine que oui.

Il scrute le visage de Megan, espérant y lire ce qu'il est censé ressentir, hormis la confusion, la peur, et une once de colère.

— Il semblerait qu'elle ait eu beaucoup de problèmes. D'ordre mental…, commence Megan.

— Tu veux dire qu'elle est dingue ? Ça expliquerait beaucoup de choses !

Sid perçoit l'amertume qui transpire de la phrase qu'il vient de prononcer.

— En effet. Phil nous a appris qu'elle souffrait de troubles bipolaires. Le diagnostic a été posé il y a quelques années, mais cela doit faire très longtemps qu'elle est malade. Depuis ta naissance, probablement. Elle a été mieux, plus stable, tant qu'elle a pris des médicaments.

— Jusqu'à aujourd'hui…

Megan hoche la tête.

— Et Phil pense qu'elle va venir me voir.

Megan acquiesce.

— C'est probable, mais il y a autre chose encore.

— Quoi ?

— Elle a eu un deuxième enfant. Un garçon. Il a treize ans, il s'appelle Gauvain. Elle l'a laissé quand elle est partie et il a disparu à son tour. Phil est très inquiet. Pour les deux.

Sid se retourne et regarde par la fenêtre ouverte. Un colibri picore dans la mangeoire ; les pois de senteur, que Megan plante chaque année devant la cuisine, embaument.

— J'ai un frère, murmure-t-il sans se retourner.

— Oui. Un demi-frère, précise Megan.

— Un demi-frère en fugue, pas de père, et une mère zinzin. Elle est pas belle, la vie ?

Fariza saute du tabouret, le traîne, et s'arrête près de Sid. Elle grimpe sur le marchepied et tend le bras pour tapoter sa joue, puis elle se met à fredonner *Il était un petit navire*. Sid esquisse un sourire et chantonne avec elle.

Au dîner, Phil semble hésiter à lancer la conversation sur le demi-frère de Sid et sur leur mère. La présence silencieuse de Fariza le paralyse-t-il ? Ou bien parce que Sid refuse d'aborder le sujet qui l'intimide ? Ils parlent d'autres choses : de fermes piscicoles, de déforestation, des dernières coupes dans le budget des services sociaux. Phil discute de sa passion pour le bois exotique. Il ne travaille qu'avec des essences précieuses, et les évoque avec l'enthousiasme que les hommes vouent en général aux voitures de luxe ou aux femmes. Il leur apprend qu'il a baptisé sa voiture Miss Havisham, en hommage au personnage de Dickens. Car Phil est un fan de l'écrivain : il a appelé ses chats Dodger, Fagin et Smike.

— Tu as un animal, Sid ?

Le garçon secoue la tête :

— Je suis allergique.

— Comme ta mère. Elle a toujours voulu des chats, mais ils la font éternuer.

— Tant mieux pour eux, elle aurait probablement oublié de les nourrir ! grince Sid.

Le ton est plus acide qu'il n'en avait l'intention. Phil le dévisage comme s'il le voyait pour la première fois. Après un long moment, il lâche :

— Tu veux que je te parle d'elle ou tu as décidé, une bonne fois pour toutes, que tu la détestais ?

Comme il ne répond pas, Phil se lève et se met à débarrasser la table. Megan scrute le visage de Sid et prend la parole :

— S'il vous plaît, Phil, asseyez-vous. Sid, inutile d'être impoli. Je sais que c'est dur pour toi, tout ça, mais je pense que tu devrais écouter Phil. Nous allons nous occuper de la vaisselle, Fariza et moi. Vous, les hommes, installez-vous dehors pour discuter – ou pas, comme vous voudrez…

— Désolé, marmonne Sid, plus pour Megan que pour Phil.

Il a horreur de la décevoir. En même temps, que pourrait-il apprendre de plus sur sa mère ? Elle est folle, allergique aux chats, et elle abandonne ses enfants dès qu'elle en a assez de s'en occuper ! Même si Phil la retrouve, ce n'est pas le genre de personne dont il a envie de faire la connaissance. Mais son frère comment s'appelle-t-il, déjà ? – Gauvain –, lui, c'est peut-être différent…

Caleb et Phil s'asseyent sous le porche, sur les vieux fauteuils rouges en bois Adirondack, pour siroter une bière. Caleb tend une canette à Sid, qui secoue la tête et se perche sur la rambarde. La bière le rend bavard, puis l'endort. Il veut écouter et garder l'esprit clair, pas jacasser comme une pie et s'écrouler de fatigue.

C'est Caleb qui engage la conversation.

— Je serais curieux de savoir…, commence-t-il.

Phil lève la tête comme Fritz, le pointer du voisin, quand il entend la voiture du facteur.

— … pourquoi tant de noms farfelus ? Siddhartha, Gauvain, Devi, Devorah ?

Phil éclate de rire.

— Quand j'ai commencé à fréquenter Devorah, elle s'appelait encore Devi.

Il fait une pause, sirote une gorgée de bière. « Il gagne du temps », songe Sid.

— Lorsqu'elles sont dans une phase maniaque, les personnes atteintes de troubles bipolaires se passionnent pour certains sujets. Dans le cas de Devi, il s'agit en général de questions spirituelles. Devi est le nom d'une déesse hindoue. Siddhartha, celui de Bouddha. Peu après notre rencontre, elle est devenue adepte du judaïsme et s'est rebaptisée Devorah. Au moment de la naissance de Gauvain, elle était plongée dans la légende arthurienne, puis elle est passée aux croyances celtiques.

— Elle se cherche, résume Caleb.

— Sûrement, acquiesce Phil. Mais elle change vite d'avis. L'année dernière, elle est même retournée prier dans la cathédrale anglicane de son enfance. Et elle a pris un nouveau prénom. Debby, cette fois. Ça ne lui allait pas du tout.

— Comment gagne-t-elle sa vie ? demande Caleb. C'est sûrement difficile avec tous ses problèmes.

— Garder un travail est compliqué pour elle, confirme Phil. Elle a un ami qui tient une librairie, et un autre qui est propriétaire d'une petite galerie d'art. Elle travaille pour eux quand elle en est capable. Depuis qu'elle a été diagnostiquée, elle touche une allocation, mais ce n'est pas grand-chose. Au décès de son père, elle a hérité d'une somme d'argent. Je l'ai aidée à trouver une petite maison. Elle vend ses œuvres dans la galerie de son ami. Et quand elle est en forme, elle enseigne les arts plastiques.

— Ses œuvres ? interroge Sid, dont la voix est soudain haut perchée et enrouée, comme s'il était en train de muer.

Phil se tourne vers lui :

— Elle compose des mosaïques. Depuis des années. Après avoir abandonné le bateau, elle s'est mise à assembler des morceaux de vaisselle brisée. Aujourd'hui, elle travaille essentiellement avec des matériaux qu'elle récupère sur la plage : des pierres, du verre et des coquillages. Elle a rarement assez d'argent pour acheter des tesselles. C'est beau, ce qu'elle crée. Magique, même.

Megan les a rejoints. Elle s'assied sur les genoux de Caleb.

— Fariza est couchée, déclare-t-elle. La journée a été longue…

Elle pose sa tête sur l'épaule de Caleb, qui lève la main pour lui caresser les cheveux.

— Ça fait beaucoup à digérer d'un coup.

— Qui d'autre encore ? demande Sid à brûle-pourpoint.

Phil fronce les sourcils :

— Comment ça ?

— Des frères, des sœurs, des oncles, des tantes, des cousins, des membres de la famille dont j'ignorerais l'existence ?

— Une grand-mère seulement. Elizabeth.

— Elizabeth, répète Sid. Où habite-t-elle ?

— À Victoria. Elle cherche Gauvain.

Pas mon problème

— C'EST VOUS, LE PÈRE DE GAUVAIN ? s'enquiert Sid le lendemain matin, au petit déjeuner.

Surpris, Phil lève les yeux de son assiette de gaufres. Sid remarque pour la première fois qu'ils sont du même bleu saturé que le Faber-Castell B120, l'un de ses feutres préférés.

— Non, même si, parfois, j'ai le sentiment de l'être. Après notre rupture, on est restés amis, Devi et moi. J'ai installé mon atelier dans son garage. J'y ai aménagé un petit appartement, où je vis.

— Et le père, il est où ?

— Je ne sais pas, répond Phil. Quand Devi est dans un épisode maniaque, elle manque un peu de… discernement… en ce qui concerne ses compagnons. Le père de Gauvain est resté dans les parages jusqu'à ce que le petit ait environ un an, puis il a disparu.

— « Elle manque de discernement », répète Sid. En clair, c'est une pute. Une pute avec un pète au casque !

— SID !

La voix de Megan est plus que ferme.

— Pas de souci, tempère Phil. Je comprends.

— Oh non, vous ne comprenez pas ! rétorque Sid. Vous vous pointez pour m'annoncer que ma mère biologique est instable, qu'elle couche à droite et à gauche, et vous en rajoutez une couche en m'apprenant que j'ai un frère et une grand-mère. Comment pourriez-vous comprendre ?

Le regard que Phil lui jette le réduit au silence.

— Je dois mon prénom à Phileas Fogg, le héros du *Tour du monde en quatre-vingts jours*, déclare-t-il. Ce bouquin, ma mère l'a lu quand elle était en quatrième, l'année où elle est tombée enceinte, l'année où ses parents l'ont mise dehors. Elle n'a jamais dit à personne qui était mon père. J'ai quitté la maison quand j'avais seize ans, après avoir été frappé une fois de trop par l'un de ses amants. Je ne suis jamais revenu. Je l'appelle trois fois par an : à Noël, pour son anniversaire, et pour la Fête des mères. Elle a cessé de boire, mais elle vit toujours dans l'appartement miteux où j'ai grandi. Tu vois que je peux comprendre à quel point tu es en colère et perturbé. Ce que j'aimerais savoir, c'est ce que tu vas faire maintenant.

— Ce que je vais faire ?

Sid a bien perçu le défi contenu dans la question de Phil. Sa gaufre lui remonte dans la gorge. Il avale fermement sa salive, déterminé à ne pas montrer à quel point il est déstabilisé par la question de Phil.

Mais même ainsi, son « je ne sais pas » n'est pas très assuré.

— Laissons-lui un peu de temps, plaide Caleb. Il est secoué. Nous le sommes tous. Devi ne l'a jamais contacté depuis qu'elle est partie… En ce qui nous concerne, Sid est notre fils. Pour toujours.

Il y a également du défi dans la voix de Caleb, Sid l'entend.

Phil aussi, sans doute, car il hoche la tête et soupire :

— Excusez-moi. Mais je me fais un sang d'encre. Devi va finir par réapparaître. Ce n'est pas la première fois qu'elle met les voiles. Mais Gauvain ? Il n'a que treize ans.

— Sid n'en a que seize, rappelle Caleb d'une voix ferme. Nous allons discuter de tout ça ensemble, en famille. Si vous voulez rester et répondre aux éventuelles questions de Sid, vous êtes le bienvenu, mais ne lui mettez pas la pression.

Caleb se met debout. Il domine Phil.

— Venez faire un tour sur le *Caprice*, je serai heureux de vous montrer l'île.

Phil comprend le message et se lève à son tour. Il arrive aux épaules de Caleb. « Il est petit, mais ça ne l'empêche pas d'être puissant, note mentalement Sid. Sa force est plus intense que celle de Caleb, probablement plus explosive aussi. Penser à rester vigilant, à ne pas trop s'en approcher… »

— Je vais au verger, annonce-t-il. Si Chloé appelle, tu peux lui dire que je serai là plus tard ?

Megan hoche la tête. Fariza, qui a grignoté sa gaufre un carré après l'autre, bondit de sa chaise et le suit jusqu'à la porte, en remorquant Fred. Aujourd'hui, elle porte un jogging bleu marine coupé et un long T-shirt jaune, avec un énorme douze dans le dos.

« Je vais au verger » est le code familial qui signifie : « J'ai besoin d'être seul. » Dans le cas de Sid, il va vraiment au verger et n'a aucune envie d'emmener Fariza. Il lance un regard noir à Megan, qui lui sourit :

— Comme tu veux, mon grand…

Elle se doute qu'il ne refusera pas, même s'il en a envie. Il n'a jamais oublié combien il se sentait délaissé lorsque les autres enfants de la maison l'ignoraient, et le regard de Fariza est si implorant…

— Tu es capable de me ficher la paix ? lui demande-t-il.

Il sait déjà que ce n'est pas son bavardage qui risque de l'énerver.

Elle acquiesce vigoureusement, en faisant danser les perles dans ses cheveux.

— Tu aimes le baseball ?

Elle écarquille les yeux et hoche de nouveau la tête. Sid grimpe les marches quatre à quatre jusqu'à sa chambre et redescend avec deux battes de baseball : l'une de taille normale, l'autre, bien plus petite.

— Tu peux prendre celle-là, déclare-t-il en la lui tendant. Mais Fred va devoir rester à la maison.

Elle l'installe aussitôt sur le canapé avec un livre, enfile ses Crocs et suit Sid dehors.

Le verger est à cinq minutes à pied. Il n'appartient pas à Megan et Caleb, mais à un couple qui vit à Palm Springs. Tous les ans, Sid et Chloé aident Megan et Irena à ramasser les pommes, puis à les transformer en tartes, clafoutis, compote, gelée, vin cuit et cidre. Lors de la récolte de l'automne dernier, Chloé, épuisée, a menacé de planter une flèche anesthésiante dans le dos de sa grand-mère et de brûler son vieux livre de recettes.

Sid vient ici quand il a besoin de réfléchir et de « taper des balles » avec les fruits tombés de l'arbre. Il aime voir les pommes en décomposition exploser en l'air, comme des bombes fermentées. Il n'a jamais voulu jouer dans une équipe de baseball, bien qu'il soit secrètement convaincu qu'il aurait été un batteur exceptionnel. Son swing est puissant, et son taux de transformation, excellent.

Aujourd'hui, il délimite un petit diamant pour Fariza, à l'aide de vieux sacs d'engrais stockés dans l'abri délabré du verger. Il installe la fillette sur un marbre[1] rudimentaire et lui montre comment tenir la batte, puis il choisit une petite pomme et la lui lance. Fariza fait swinguer la batte avec force, mais manque le projectile et s'écroule par terre.

— RAAAATÉ ! crie Sid.

---

1. *Marbre, diamant* et *base* sont des termes spécifiques au baseball. Le *diamant* désigne le terrain, un carré dont les coins forment les *bases*. La quatrième base est aussi appelée *marbre*.

Fariza se relève, époussette son T-shirt, et se remet en place. Elle laisse passer la deuxième et la troisième pomme, mais à la cinquième, elle ne tombe plus.

— Tu veux faire une pause ? lui demande Sid après le dixième échec.

En guise de réponse, elle frappe le sol de sa batte, puis la lève au-dessus de son épaule tout en fixant Sid, les yeux plissés. Il envoie une nouvelle pomme, et cette fois, Fariza la percute de plein fouet, sans la faire exploser. La petite fille se fige un instant, batte en main, yeux exorbités, puis elle détale vers la première base, en balançant les bras. Les perles dans ses cheveux tintent comme des clochettes. Sid ramasse la pomme et se lance à sa poursuite — au ralenti —, tandis qu'elle contourne la deuxième base, touche la troisième, et retourne à toute vitesse sur son marbre avant que Sid ne l'ait rattrapée.

Aux anges, elle exécute quelques petits pas de danse triomphants sur le sac, mais quand Sid la soulève et la fait tournoyer, elle se raidit. Il a l'impression de valser avec une bûche.

Dès qu'il la repose, elle s'écarte de lui.

— Désolé, murmure-t-il.

Megan a beau lui avoir expliqué que cette attitude n'était pas dirigée contre lui, il se sent démesurément blessé. Fariza se change en pierre sitôt qu'un homme l'effleure. Sid ne sait pas pourquoi elle réagit de cette façon, mais ça le dérange d'être associé à ceux qui lui ont fait du mal.

Il rassemble des pommes pourries et prend sa batte.

— Recule ! ordonne-t-il à Fariza, même si celle-ci s'est déjà recroquevillée derrière l'abri de jardin.

Il consacre la demi-heure suivante à lancer et à frapper des pommes. La plupart explosent sur-le-champ, mais certaines, en meilleur état, décrivent une longue trajectoire avant de retomber au sol. Il n'en rate aucune. Au bout d'une quinzaine de minutes, il ne se sent plus blessé, ni en colère, mais il est toujours aussi perplexe. La question « Dois-je protéger mon frère ? » lui trotte dans la tête. Il tressaille et manque la pomme suivante. Manifestement, Phil pense qu'il est responsable de son frère, et peut-être même de sa mère. Pour quelle autre raison serait-il venu sur l'île ? Il n'a pas encore parlé de l'emmener à Victoria, mais c'est peut-être ce qu'il désire. Il faut que Sid lui pose clairement la question.

Et si Phil lui propose de l'accompagner, que répondra-t-il ? Il n'est pas sûr. Une fois là-bas, comment pourrait-il l'aider ? Il n'a aucune idée de l'endroit où se trouve Gauvain. Il ne le connaît même pas ! Qui fréquente-t-il ? Chez qui est-il susceptible de s'être réfugié ? Chez Phil ? Chez Elizabeth, sa grand-mère ? Dans la maison vide de Devi ? Il frissonne en récupérant la batte de Fariza.

— On y va !

Elle le suit, quelques pas derrière, jusqu'à la maison. Dès qu'elle arrive, elle se jette sur Fred et enfouit son visage dans son cou maigre.

— Ça va ? lance Megan depuis le poste de commandement.

Sid entre dans le bureau et s'adosse au mur, près de la porte.

— Pas sûr. Comment tu le trouves, Phil ?

Megan détache les yeux de son ordinateur.

— Assez direct. Je pense qu'au fond, c'est un brave type. Il se fait du souci pour Devi et Gauvain.

Elle rit.

— Gauvain ! s'exclame-t-elle. Tu parles d'un nom ! Cela dit, il a de la chance de ne pas s'appeler Galaad.

— Ou Merlin !

— Ou Mordred !

Elle se lève, s'approche de Sid et l'enlace :

— C'est vous mes chevaliers en armure étincelante, toi et Caleb ! Même si l'un de vous porte le prénom de Bouddha !

L'odeur de son shampoing au chèvrefeuille et sa chaleur familière aident Sid à se détendre.

Elle inspire à fond :

— Tu sens le cidre ! Aller au verger t'a fait du bien ?

— Fariza a bien joué.

— Et toi ?

Sid hausse les épaules.

— Je ne sais pas. Tu crois que je devrais y aller ?

— À Victoria ?

Elle fait un pas en arrière et le tient à bout de bras.

— Tu es prêt ?

— Bof.

— Alors, attends avant de prendre ta décision. On va discuter avec Phil, lui demander un peu plus de détails.

Sid hoche la tête.

— Plus de détails. Bonne idée.

— Chloé a téléphoné. Pourquoi ne l'inviterais-tu pas à déjeuner ? Elle meurt d'envie de faire la connaissance de Phil.

— Tu m'étonnes !

Sid imagine volontiers à quel point Chloé doit être curieuse. Il sait aussi comme elle peut se montrer volontaire et obstinée lorsqu'il s'agit de percer un secret. Un vrai missile à tête chercheuse, en tongs à fleurs. Caleb répète que Chloé est une FDM, à l'image de sa mère et de sa grand-mère, une « Femme à la Détermination Massive ».

— On peut manger une pizza ?

Megan hoche la tête :

— Sors-en une du congélateur. Et change de T-shirt. Tu ne sens pas très bon, tout de même !

— Pourquoi maintenant ?

Chloé commence l'interrogatoire dès la première bouchée. Et comme Sid l'avait prédit, elle va droit au but.

— Je veux dire, pourquoi n'êtes-vous pas venu plus tôt ? Il y a treize ans que Machin Chose est né. Vous auriez pu prévenir Sid qu'il avait un frère !

Elle dévisage Phil, assis à l'autre bout de la table. Sid a presque de la peine pour lui.

— Devi ne voulait pas, se justifie-t-il. Je l'ai suppliée d'écrire au moins, mais elle a toujours refusé. Elle avait ses raisons, j'imagine.

Chloé renifle :

— Quel genre ?

Phil réfléchit un instant avant de répondre :

— Je n'aime pas parler à sa place...

Chloé l'interrompt :

— Mais agir à sa place, ça ne vous dérange pas ! Vous voyez une différence, vous ? Pas moi.

— Tu n'es pas du style à prendre des pincettes, dis donc ! s'exclame Phil.

Il attrape une fourchette et martèle le set de table.

— Oui, c'est vrai, j'agis en son nom, même si elle n'est pas au courant. En grande partie pour Gauvain, je crois. Et pour Sid aussi.

— Comment ça ? demande Chloé, en plantant les coudes de chaque côté de son assiette et en posant le menton sur ses mains jointes. Vous ne le connaissez pas, Sid ! Devi non plus d'ailleurs, alors que c'est son fils. Son fils biologique, s'entend. Bon, revenons à nos moutons. Pourquoi l'a-t-elle laissé dans l'ignorance pendant toutes ces années ? J'écoute.

Sid réprime un fou rire. La posture et la manière de parler de Chloé sont directement inspirées des recommandations de leur conseiller d'orientation : masquer son impatience (et ses propres convictions) par une attitude empathique.

— Devi est consciente qu'en tant que mère, elle n'a pas été à la hauteur.

— Ça, c'est le moins qu'on puisse dire ! siffle Chloé d'une voix aiguë.

— Tu vas m'interrompre chaque fois que j'ouvre la bouche ?

Elle secoue la tête et mime une fermeture Éclair devant sa bouche.

Phil continue :

— Elle sait aussi qu'elle a fait le bon choix en abandonnant Sid. Puis en quittant l'île. Devi ne savait pas encore de quoi elle souffrait à l'époque, sa vie était chaotique. Elle était incapable d'offrir à Sid un foyer stable, elle s'en rendait compte. Bon sang, ils vivaient sur un rafiot pourri et percé ! Elle n'a jamais parlé de lui à quiconque, sauf à moi. Ni sa mère ni Gauvain n'étaient au courant de son existence. Un soir, alors qu'elle avait trop bu, il y a des années, elle m'a montré une boucle de ses cheveux et une photo de lui, bébé. Le lendemain, je lui ai posé des questions et elle m'a fait promettre de garder le secret.

Chloé ouvre la bouche, mais Phil l'arrête d'un geste, comme s'il brandissait une pancarte « Stop ».

— Lorsqu'elle s'est retrouvée enceinte de Gauvain, le diagnostic de sa maladie est tombé et elle a commencé à prendre différentes associations de médicaments pour trouver la combinaison qui marchait le mieux. Puis, contre l'avis de ses médecins, elle a tout arrêté. C'était risqué, mais elle n'a pas fait de crise majeure et, finalement, la grossesse s'est bien déroulée. Néanmoins, elle ne pouvait courir le risque d'aller chercher Sid. Ça aurait été trop pour elle. Elle a repris son traitement pendant un temps, après le premier anniversaire de Gauvain, quand son père est parti. Mais elle n'a pas supporté les effets secondaires des cachets. Alors, elle a essayé des méthodes alternatives : phytothérapie, méditation, yoga… Jusqu'à l'année dernière, elle s'est plutôt bien débrouillée, mais Gauvain n'était pas de tout repos et elle a recommencé à avaler des cocktails de pilules.

Chloé lève la main, comme si elle était à l'école. Phil opine de la tête.

— Qu'entendez-vous par « Gauvain n'était pas de tout repos » ?

— Il s'est mis à fréquenter des gens plus âgés, il a séché l'école, a passé des nuits entières dehors. Il s'est bagarré. Les flics l'ont ramené à la maison une nuit : il avait été surpris en flagrant délit de vol de fromage ! Il a déclaré qu'il avait eu une envie subite de vieux cheddar.

Megan, restée silencieuse jusque-là, intervient :

— J'imagine que sa mère a été contrariée…

— Très. Elle s'est sentie coupable, bien sûr. Les médicaments avaient beaucoup d'effets secondaires, elle pensait que Gauvain se serait mieux comporté si elle avait été moins fatiguée, et plus impliquée dans sa vie. Elle se reprochait de ne pas lui avoir consacré assez d'attention. Ce qui, à mon sens, est faux. Devi est une bonne mère, meilleure que la plupart. Et puis, il y a quelques semaines, elle a de nouveau arrêté de se soigner et elle a enchaîné les crises de manque.

— Les crises de manque ? C'est terrible…

Megan est sous le choc.

— Je sais, soupire Phil. Ça l'était. Elle a traversé un épisode maniaque très violent, au cours duquel elle a tout cassé dans la maison avant de claquer la porte pour de bon. En rentrant de l'école, Gauvain a découvert que sa mère avait disparu. Deux semaines plus tard, il a fugué. Alors, j'ai décidé de rompre le silence et j'ai parlé de Sid à Elizabeth. J'espère avoir pris la bonne décision.

— Mais je ne comprends toujours pas ce que vous faites ici, dit Chloé. Quel rapport avec Sid ?

Il prend un long moment avant de répondre.

— Elizabeth m'a demandé de venir. Au fil des ans, nous sommes devenus très proches. Elle veut rencontrer Sid. Pour une raison que j'ignore, elle pense qu'il sera capable de retrouver Gauvain. Ce n'est pas logique, mais Elizabeth n'est pas le genre de dame que l'on contredit. Et c'est sa grand-mère.

— Tout de même ! proteste Megan. Après tout ce temps, c'est beaucoup nous demander, à Sid et à nous ! On ne vous connaît pas, on ne connaît pas Elizabeth. Sid n'ira nulle part tant que nous ne serons pas sûrs que ça ne menace pas son équilibre.

Caleb pose sa large paume sur la petite main de Megan.

— Ne t'inquiète pas, chérie. On discute, c'est tout. Il n'y a rien de décidé. Et Sid n'ira nulle part s'il n'en a pas envie, n'est-ce pas Phil ?

Celui-ci acquiesce, puis prend un verre d'eau.

Soudain, Chloé se dresse et se penche au-dessus de la table, vers Phil. Ses yeux se sont réduits à deux fentes. Sid comprend qu'elle est sur le point d'exploser. Il se lève à son tour et la prend par les épaules pour l'éloigner.

— Sa place, c'est ici ! assène-t-elle. Avec sa famille. Avec moi. Il n'a rien à faire à Victoria, avec... avec Madame-j'ai-des-sautes-d'humeur et sa petite racaille !

— Ça va aller, Chloé, tempère Sid. Caleb a raison, on parle, c'est tout. Personne n'a dit que j'étais obligé de faire quoi que ce soit. Hein ?

Il dévisage Phil, Megan et Caleb à tour de rôle.

Ils hochent la tête ensemble, mais Chloé s'écarte, se précipite hors de la pièce et sort en claquant la porte. Ils l'entendent dévaler les escaliers du porche. Dans le silence qui suit, Caleb pousse un grand soupir, comme s'il remontait d'une longue plongée en apnée.

— Je te l'avais dit, lance-t-il à Sid. Une authentique FDM !

Attention, la marche !

— TU ES SÛR ?

Megan, assise sur le lit de Sid, le regarde sortir ses vêtements du placard et les ranger dans son sac à dos.

— Pas vraiment, mais je suis curieux. Un frère et une grand-mère… Je dois y aller. Tu comprends ?

Quel est ce proverbe anglais qu'Irena cite toujours à Chloé ? *La curiosité a tué le chat.* « Pourvu que ce soit du pipeau ! » songe-t-il.

Megan pose la main sur son bras :

— Tu es stressé ?

— Un peu.

Il s'immobilise un instant. Le mot « terrifié » s'appliquerait mieux à ce qu'il ressent. Mais, ces dernières heures, la phrase que Tobin a lâchée avant son départ lui trotte dans la tête : « Si tu ne te secoues pas un peu, tu vas devenir un ermite phobique, comme ces détraqués qui finissent par tirer à la carabine sur leurs voisins… » Il n'avait pas tout à fait tort, Sid en est conscient. Il doit sortir de sa zone de confort maintenant, sinon il ne le fera jamais. Partir à la recherche d'un frère disparu lui semble un excellent moyen de prendre les choses en main. Mais c'est horriblement douloureux ; il a l'impression de se trancher la gorge avec l'un des couteaux aiguisés de Caleb.

— Tu sais, je n'y serais pas allé si elle avait été là, déclare-il en roulant un T-shirt noir.

— De qui parles-tu ?

— De Devi-Devorah-Debby. Je ne veux pas la voir. Jamais. C'est toi, ma mère. Et mon père, c'est Caleb, sache-le. Et ça, pour le coup, j'en suis sûr.

Il se racle la gorge, il sent les larmes lui piquer les yeux.

Megan garde le silence quelques instants.

— Merci, murmure-t-elle enfin. Mais si un jour tu as envie de la rencontrer, on le comprendra. C'est toi qui décides. De toute façon, ça ne changera rien entre nous. On s'est toujours demandé si Devi finirait par réapparaître. Je l'ai longtemps redouté, mais plus maintenant. Tu es notre fils depuis quatorze ans, une éternité ! Et d'après ce qu'on vient d'apprendre, elle n'a pas eu la vie facile.

Sid hausse les épaules. Il ne veut pas se retrouver face à sa mère biologique, elle ne l'intéresse pas. Est-ce inquiétant de réagir ainsi ? Tant d'enfants adoptés rêvent de connaître leurs parents biologiques ! Pas lui. Lorsqu'il avait quatre ans, Megan l'avait emmené consulter un pédopsychiatre parce qu'il refusait d'aller à l'école. Le thérapeute l'avait vu une fois par semaine pendant quelques mois. Il avait diagnostiqué une « légère phobie sociale ». Rien de bien méchant.

Il n'avait pas fréquenté la maternelle, mais il était entré au CP sans trop rechigner. À l'époque, Chloé et lui étaient déjà devenus amis, ce qui avait rassuré tout le monde : Sid était normal. Un peu bizarre, peut-être, mais pas détraqué ; du moins, pas plus que les autres. Aujourd'hui, il aimerait savoir si les troubles bipolaires sont héréditaires. Même s'il ne s'est jamais senti exagérément euphorique et excité – ou si peu –, cette pensée est troublante.

— Je me sens coupable vis-à-vis de Fariza, avoue-t-il. J'ai le sentiment de l'abandonner.

Sid ne s'est jamais vraiment soucié des enfants dont Caleb et Megan avaient la garde, mais avec Fariza, c'est différent. Va-t-il éprouver les mêmes sentiments pour Gauvain ? De l'inquiétude, de la culpabilité, et le besoin de le protéger ?

— Je sais, répond Megan. Mais elle n'est pas sous ta responsabilité. C'est une très bonne chose qu'elle se sente aussi bien avec toi, et puis elle s'habituera à ton absence. Je te le promets.

— Vraiment ?

Megan hoche la tête.

— Il lui faudra beaucoup de temps avant qu'elle se remette de ce qui lui est arrivé, si tant est qu'elle y parvienne. Mais je crois qu'elle a compris qu'ici, elle était en sécurité. On parlera de toi tous les jours, de ton retour. Je la rassurerai.

— OK.

Le sac à dos de Sid est plein à craquer. Il le dépose par terre et s'assied près de Megan sur le lit.

— Je lui ai donné un carnet à dessin, dit-il. On a travaillé tous les jours.

— Je sais.

— J'ai préparé des cases de BD, assez pour l'occuper pendant deux semaines. Je me suis dessiné en train de rentrer à la maison sur la dernière page, pour qu'elle n'oublie pas. Tu pourras l'aider à écrire une histoire en bas de chaque page ? Je ferai les dessins à mon retour.

— Bien sûr, mon grand. Et tu pourrais peut-être aussi téléphoner de temps en temps à la maison ? Même si elle ne parle pas, je suis sûre que Fariza sera heureuse d'entendre ta voix.

Megan éclate de rire.

— Allez, j'avoue : c'est moi qui serai drôlement heureuse d'entendre ta voix !

— Si je vous appelle un jour sur deux, à l'heure du dîner, ça ira ?

— Ce sera parfait. Tu es prêt ?

— Autant que possible...

Sid jette son sac à dos sur une épaule et attire Megan à lui de l'autre main, d'un geste gauche.

— En avant toutes ! lui souffle-t-elle en le serrant contre son cœur.

76

Il range son sac sur le siège arrière de Miss Havisham et s'installe à l'avant, tandis que Phil fait ses adieux à Megan, Caleb et Fariza. Chloé n'a pas adressé la parole à Sid depuis qu'il lui a annoncé qu'il partait. Elle n'est même pas venue lui dire au revoir. Il lui a envoyé des e-mails, a laissé plusieurs messages pour lui dire qu'il reviendrait bientôt, mais elle est restée aussi silencieuse que Fariza, qui est blottie contre Megan, une main sur sa taille, l'autre autour du cou de Fred.

— Au revoir, Fariza ! lance-t-il. Je serai vite là. N'oublie pas d'écrire dans ton cahier !

Il agite le bras d'un geste décontracté, en s'efforçant d'avoir l'air joyeux. Elle lui adresse un sourire timide et dissimule son visage contre le ventre de Megan. Sid a l'impression d'être le garçon le plus cruel que la terre ait jamais porté. Un sale type égoïste, sans gêne et stupide, mais impatient aussi, et très, très angoissé…

Phil se glisse au volant et met ses lunettes de soleil.

— On y va ?

Sid lui fait un signe affirmatif et l'auto démarre. Le garçon ne regarde pas en arrière. Pendant la traversée en bateau, il reste silencieux et ne bouge pas de la voiture ; Phil, lui, rejoint le salon passagers. Sid ferme les yeux et se recroqueville sur son siège. Il n'a pas envie de voir défiler ce paysage si familier : le quai rouge, les bateaux de pêche blancs, l'îlot vert au milieu de la crique, la mer bleue, le sillage mousseux du ferry. Il ne veut pas entendre les grincements de la coque contre les pilotis, le cliquetis de la passerelle que l'on remonte, le bavardage des passagers qui grimpent les escaliers. Il y a un bel autoradio dans la voiture, il pourrait brancher son iPod dessus. Celui de Phil est dans le vide-poches, entre les deux sièges. À eux deux, ils ont sûrement plus de musique qu'il n'en faut pour occuper les cinq heures de trajet. Sid prie pour que Phil ne soit pas un fan de jazz New Orleans, ou de disco. Tout le reste lui conviendra, même s'il doute que Phil apprécie beaucoup le rock des Foo Fighters ou de Mother Mother.

Phil revient à la voiture alors qu'ils se rapprochent de la côte. Ils attendent, sans un mot, que la passerelle descende et leur permette de continuer le voyage.

— Tu vas souvent à Victoria ? interroge Phil.

— Non. Plutôt à Vancouver. Megan aime bien Ikea.

— Qui n'aime pas Ikea ? s'esclaffe Phil.

— Moi. Trop de monde. Trop de bruit…

— Je vois.

Phil reste silencieux quelques minutes, mais au moment de s'engager sur l'autoroute, il soupire :

— Tu es toujours aussi austère ?

Sid éclate de rire :

— Austère, moi ? Personne ne m'a jamais dit ça.

— Tu l'es un peu, tout de même ! Ce silence, c'est pesant.

— Je ne le fais pas exprès.

Ce n'est pas tout à fait exact. Il n'a aucune envie de discuter avec lui. Phil est un messager, porteur de nouvelles dérangeantes, que Sid hésite à tuer ou à accueillir à bras ouverts.

Pas question de lui avouer qu'il se sent mal, au point d'avoir envie de vomir.

— Ne le prenez pas pour vous, je ne suis pas très bavard.

— Ça, j'ai compris !

Il lui jette un regard de côté.

— Mais la route sera longue, que dirais-tu de faire un petit effort ?

— Comment ça ?

— Raconte-moi ton enfance sur l'île, parle-moi de ta passion pour le dessin, de tes ambitions, de la musique que tu écoutes, des livres que tu aimes…

— On pourrait commencer par mettre ma musique, suggère Sid en désignant l'autoradio.

Phil réfléchit un moment.

— D'accord, consent-il. Ta musique jusqu'à Nanaimo, la mienne entre Nanaimo et Duncan, et ensuite on bavarde jusqu'à Victoria. Ça te laisse le temps de trouver des sujets de conversation. Banco ?

— Banco, acquiesce Sid en branchant son iPod.

— Jingle Pot Road, lâche Phil.

Sid est dans les nuages. Il pense à Chloé. Il aurait aimé qu'elle vienne lui dire au revoir.

— Pardon ? s'exclame-t-il en arrêtant la musique.

— On vient de passer la rue Jingle Pot Road. On est à Nanaimo, la ville des centres commerciaux, des mines de charbon abandonnées, et des noms bizarres ! Tu t'imagines habiter à Buttertubs Marsh ou à Dingle Bingle Hills ? On se demande ce qu'ils fumaient, ces mineurs !

Sid éclate de rire. Phil n'est pas un modèle de délicatesse, mais c'est un bon compagnon de route, il faut le reconnaître. Ils se sont arrêtés sur une grande plage, près de Parksville, pour pique-niquer, et ont dégusté les sandwichs que Megan leur avait préparés. Ils se sont assis, l'un près de l'autre, sur un tronc d'arbre déraciné, et ont observé les familles disparaître au loin, dans le miroitement des petites mers laissées par la marée. Des pelles en plastique et de minuscules baskets attendaient leurs propriétaires dans le sable, près de seaux remplis d'oursins plats. Sid a tremblé que la mer ne les emporte. Il se souvient très bien du jour où son jouet de plage préféré, un bulldozer en plastique jaune, avait disparu. C'était ici, sur cette même plage. Megan, Caleb et lui avaient marché pendant des heures, du moins c'est ce qu'il lui avait semblé, pour rejoindre la mer qui s'était retirée jusqu'à l'horizon. À leur retour, le bulldozer n'était plus là. Sid avait pleuré toutes les larmes de son corps, et aujourd'hui encore, il ressent un pincement au cœur chaque fois qu'il se remémore cet incident, comme un écho de sa détresse de jadis. C'était, croit-il, la première fois qu'il perdait quelque chose de vraiment important.

Hormis sa mère. Mais elle, il ne la compte pas.

À la sortie de Nanaimo, il s'endort au son d'une musique curieuse mais vaguement apaisante, mi-celtique, mi-asiatique.

Lorsqu'il se réveille, la voiture est garée sur le parking d'un marchand de glaces à Duncan. Phil est invisible.

Sid commande deux boules beurre de cacahuètes, parsemées de brisures de cookies au chocolat, et s'installe dehors, à une table de pique-nique. Phil sort des toilettes, s'achète une glace à la vanille recouverte de chocolat chaud, et s'assied en face de Sid.

— Mmmh… Dieu existe vraiment ! soupire-t-il avec extase en enfournant une cuillerée de crème glacée.

— Si vous le dites ! réplique Sid.

Mais à cet instant, il est assez d'accord avec lui.

— Tu commences quand tu veux, dit Phil.

— Je commence quoi ?

— Le récit des péripéties de Siddhartha Eikenboom au fil des âges ! On est à Duncan, au cas où tu ne t'en serais pas aperçu.

— Je m'en étais aperçu.

— On a fait un marché…

Sid racle le fond de son gobelet avec la longue cuillère en plastique rouge. Il irait volontiers s'en chercher un deuxième, mais il serait malade, il le sait.

— Je peux aller aux toilettes d'abord ?

Phil hoche la tête.

— Je t'attends.

C'est étonnamment facile de parler à Phil. Même s'il reste concentré sur la route, Sid sait qu'il l'écoute à la façon dont il rit, réclame une précision, ou s'écrie :

— Sérieux ?

Sid est tenté d'arranger la vérité, mais Phil semble vraiment intéressé par les détails de son existence ennuyeuse. Ils s'aperçoivent qu'ils sont tous deux capables de réciter des scènes entières de *Retour vers le futur*.

— *Voyons, circuit branché, convecteur temporel... temporisé, je fais tourner le moteur, ça va !*

Lorsque Sid imite Marty McFly, Phil rit tellement qu'il manque sortir de la route.

— T'as du talent, mec ! hoquète-t-il.

— Merci ! Mais si je pouvais éviter de perdre la vie, ce serait cool ! rétorque Sid sur le même ton, tandis que Phil reprend la voiture en main.

Il arrête de parler alors qu'ils approchent de la banlieue de Victoria. Phil ne le pousse pas à continuer. Lorsqu'ils quittent une rue étroite bordée d'arbres pour bifurquer dans une allée en terre battue, Sid se demande s'il va être capable de descendre de voiture : ses jambes sont en coton. Phil coupe le contact, mais ils restent assis, à écouter tourner le ventilateur qui refroidit le moteur.

— La maison de Devi, annonce enfin Phil, en désignant un cottage délabré à l'écart de la route, entouré par une véritable forêt de chênes.

« Heureusement que je serai parti quand les feuilles tomberont, se dit Sid. Ratisser tout ça, quelle galère ! »

— Mon studio est à l'arrière du garage, continue Phil. J'ai pensé que tu pourrais t'y installer. Moi, je logerai chez Devi.

Un énorme chat orange avance avec flegme en direction de la voiture. Phil descend, l'attrape et le dépose autour de ses épaules, comme un boa en plumes. Un vieux matou gris aux yeux laiteux se frotte contre ses jambes, un tigré à la queue tronquée vient à sa rencontre en traversant la pelouse. Sid sort de voiture et s'accroupit pour le caresser.

— Qui est qui ? interroge-t-il.

— Lui, c'est Smike, explique Phil, en frottant son nez dans le poil du chat qu'il tient dans ses bras. Le papy, en bas, c'est Dodger, et lui, là-haut, c'est Fagin ! Il a des petits problèmes d'identité : il se prend pour une écharpe ! Ne le détrompe surtout pas. C'est lui le chef, mais il faut toujours avoir un œil sur Dodger, il a encore des tours dans son sac, pas vrai, mon vieux ?

En guise de réponse, Dodger donne un coup de patte en direction de la queue de Smike.

— Prends ton sac, on va t'installer ! dit Phil.

Il ouvre la porte du garage. Dès que Sid met un pied à l'intérieur, il regarde autour de lui et respire à pleins poumons. Le garage est rempli d'outils, de bois, de sciure, de meubles en construction. Et ça sent divinement bon, un mélange de café, de colle, de solvant et de copeaux de bois, avec un petit relent de sueur et de bière. « Le type qui inventera une eau de toilette pour homme avec cette odeur sera un homme riche ! songe-t-il. Il n'aura qu'à l'appeler "Vernis" ou "Lambris", la conditionner dans des flacons en forme de rabot ou de perceuse, et la vendre dans les magasins de bricolage ! »

L'espace de vie est séparé de l'atelier par un panneau japonais richement orné. Phil montre à Sid le lit dans la mezzanine, la kitchenette, la salle d'eau microscopique. Des puits de lumière illuminent chaque pièce. Phil nourrit les chats, puis il ouvre un paquet de chips, verse un pot de sauce salsa dans un bol bleu, et sort une canette de soda du réfrigérateur qu'il tend ensuite à Sid.

— Je vais vérifier que tout va bien chez Devi. Et il faut que j'appelle Elizabeth. Tu peux te débrouiller un moment sans moi ?

Sid boit une gorgée :

— Pas de souci. Faites ce que vous avez à faire.

Après son départ, Sid s'assied à la table en chêne et repose sa tête sur ses bras croisés. De toute sa vie, il ne s'est jamais senti aussi épuisé ; et pourtant, il a passé quasiment toute la journée assis. Megan lui a dit un jour qu'une journée de stress fatiguait autant qu'un triathlon.

— Si c'est vrai, je viens de gagner le championnat du monde, grommelle Sid. Par ici la médaille d'or !

Fais-moi plaisir

LE LENDEMAIN MATIN, Sid ouvre les yeux au moment précis où une mouette est en train de se soulager sur le Velux, au-dessus de sa tête. Il espère que ce n'est pas un mauvais présage. Il n'est pas particulièrement superstitieux, mais en ce moment, une simple averse ou une chaussette perdue ressemblent à des avertissements. Il se souvient vaguement avoir gravi l'échelle de la mezzanine la veille ; à sa grande surprise, il a bien dormi. Il entend Phil qui parle aux chats dans la cuisine. Une délicieuse odeur de bacon lui chatouille les narines.

— J'espère que tu n'es pas végétarien, lance Phil lorsqu'il descend. Ou pire encore, végétalien !

— Non. J'adore le bacon, et les œufs aussi. Le petit déjeuner, c'est mon repas favori. Besoin d'aide ?

— Non merci. La cuisine est conçue pour une seule personne ! Tu as le temps de prendre une douche, j'ai sorti des serviettes propres.

Sid acquiesce et se glisse dans la minuscule salle d'eau, qui lui rappelle celle du *Caprice*, où chaque millimètre est exploité. Sauf qu'ici, les cloisons en bois ressemblent à des édredons en patchwork. L'intérieur de la douche est tapissé de mosaïques représentant des créatures marines effrayantes : méduses, pieuvres, requins, raies, barracudas, poissons-pierres, oursins recouverts d'épines. Des œuvres signées Devi, ça ne fait aucun doute. Sid doit reconnaître que même si elles sont un peu bizarres, l'effet est très réussi. Lorsqu'il sort de la salle d'eau, ses boucles mouillées dégoulinent sur son T-shirt propre, et Phil est en train de servir le petit déjeuner. Ils le prennent en silence, puis Sid fait la vaisselle. C'est la moindre des choses, pense-t-il, et cela l'occupe. Il n'est pas sûr d'être prêt pour la suite, quelle qu'elle soit. Il a envie de remonter dans la mezzanine, de se blottir dans son lit, et de contempler le ciel, en essayant d'y déchiffrer des signes prémonitoires : un aigle, un ballon, la traînée d'un avion... Son ventre gargouille. A-t-il fait une erreur en venant ici ?

— J'ai appelé Elizabeth hier soir, reprend Phil. Elle n'a eu aucune nouvelle de Gauvain, ni de Devi. Tu es d'accord pour la rencontrer ?

— Je crois, lâche Sid. Je peux voir des photos d'eux, avant ?

Pourquoi n'a-t-il pas pensé à lui en demander plus tôt ? Il espère qu'après avoir vu leurs visages, l'angoisse envahissante qui ronge sa détermination s'estompera.

— Bien sûr, s'exclame Phil. Bonne idée !

Il fouille dans le tiroir de la cuisine et sort une enveloppe de photos, marquée du logo d'un supermarché.

— Je les ai prises le jour de l'anniversaire de Gauvain, en mars dernier. On venait de lui offrir ce jeu, *Guitar Hero*...

Il tend l'enveloppe à Sid, qui en sort un paquet de photos. Sur la première, une petite femme aux boucles grises ultracourtes, le visage rond et sans rides, enlace la taille d'une dame longiligne, dont les mèches blanches sont retenues par un élégant chignon banane. Près d'elles, un garçon, grand et musclé, aux cheveux crépus coupés très courts, affiche un large sourire, une guitare rouge à la main. Ses traits sont un peu flous, mais suffisamment nets pour que Sid puisse voir la couleur de sa peau. Elle est noire. Noir d'encre.

« Waouh ! »

Depuis qu'il est au courant de son existence, Sid s'est imaginé Gauvain comme une réplique miniature de lui-même : roux, le teint pâle, maigrichon, taciturne. Le garçon qu'il a sous les yeux ne ressemble en rien à ce portrait. On dirait plutôt un joueur de football américain, un milieu de terrain peut-être ? Sid connaît mal ce sport, il préfère de loin le football tout court. Même s'il retrouve Gauvain, que va-t-il bien pouvoir lui dire ?

Il rend les photos à Phil :

— Allons-y, je regarderai les autres plus tard.

Phil remet le paquet dans le tiroir et prend ses clefs.

— Elle va te plaire, Elizabeth, lui assure-t-il.

Il a raison. Au premier regard, Sid se sent bien avec elle. Elle lui ouvre la porte de son appartement, vêtue d'un pantalon en velours souple, couleur café, et d'un pull en cachemire beige, rehaussé d'un collier composé d'un nœud celtique en argent suspendu à un cordon en cuir. Ses mocassins en daim sont ornés de fourrure de lapin et, au niveau des orteils, d'une broderie perlée. Elle porte une queue-de-cheval basse, nouée par un foulard en soie. Elle prend une profonde inspiration en le voyant. Il s'aperçoit alors qu'il a retenu sa respiration jusque-là.

— Bienvenue ! s'écrie-t-elle, en se décalant pour les laisser entrer.

Sid reste dans le hall, hésitant. Doit-il retirer ses baskets ? Il n'est pas habitué à des intérieurs aussi immaculés que celui-ci.

— Ne te déchausse pas ! s'exclame Elizabeth, comme s'il avait parlé à voix haute. Entre, je t'en prie !

Sid la suit dans le salon, tandis que Phil disparaît dans la cuisine en marmonnant qu'il doit réparer un robinet. Sid se rapproche de la fenêtre surplombant le port. Il suit l'atterrissage d'un hydravion entre des kayaks. Elizabeth se tient juste derrière lui.

— Il y a toujours de l'animation en mer. Je ne suis jamais fatiguée de cette vue-là, lui avoue-t-elle.

Sid hoche la tête.

— À la maison aussi, j'aime observer ce qui se passe dans le port.

— C'est mieux que de regarder la télé ! enchérit Elizabeth. Et au moins, il n'y a pas de pubs !

Elle éclate de rire :

— Quelle ingrate je fais, alors que la publicité m'a tant apporté…

— Vraiment ?

Sid n'allume quasiment jamais la télé, et lorsqu'il le fait, il trouve la plupart des spots publicitaires affligeants.

— Après la mort de Stan, mon mari – ton grand-père –, non seulement j'étais malheureuse, mais je m'ennuyais. J'avais pourtant essayé de nombreuses activités de vieilles dames : le bridge, les après-midis au centre commercial, l'observation des oiseaux, mais aucune ne me satisfaisait. Et puis un jour, je suis tombée sur cette publicité pour la margarine anticholestérol, et lorsque j'ai vu cette mamie brandissant fièrement sa saucière, je me suis dit qu'il y avait peut-être là un débouché pour une jeune actrice du troisième âge comme moi ! Alors je me suis trouvé un agent et la fête a commencé ! J'ai enchaîné les pubs et les rôles : vieille dame aux dents branlantes, cocotte aux cheveux blancs à la recherche d'une aide-ménagère, grand-mère tonique adepte de la danse et du rap, vieille peste qui donne des coups de canne… J'ai tout fait devant la

caméra : du roller, du parapente, du VTT, de la plongée, tout, sauf mourir. C'est la limite. J'ai été très claire
là-dessus !

Sid la dévisage, et soudain il la reconnaît :

— C'est vous, la grand-mère de Vitaforme ! J'adore
leurs pubs ! Celle dans laquelle vous volez en deltaplane
est fabuleuse !

Elizabeth fait la révérence :

— Merci, cher ami ! Mais il faut me tutoyer. Si on
m'avait dit que ces vitamines pour seniors me procureraient
autant de plaisir, et qu'elles me rapporteraient autant...
L'an prochain, nous allons tourner à Hawaï ; « les vieux
schnocks au paradis », c'est le titre que j'ai donné à leur
nouveau spot ! Je vais faire du surf, puis parcourir un vol-
can à vélo, et pour finir, danser le hula-hoop !

Elle fait un mouvement de rotation des mains et des
hanches.

— Aloha ! lance Sid en souriant.

Il se détourne de la fenêtre et observe l'appartement.
Tout est flambant neuf, ici. Il s'attendait à voir des anti-
quités, des meubles de famille, des pots-pourris, des tapis
orientaux fanés, et des photos d'ancêtres à la mine revêche
dans des cadres dorés, le tout baigné dans une odeur de
talc. Il s'est trompé sur toute la ligne.

Comme si elle anticipait une question posée mille fois,
Elizabeth explique :

— Après le décès de Stan, j'ai vendu la grande maison,
et j'ai tout mis au garde-meubles, sauf mes vêtements.

J'ai équipé la totalité de cet appartement – vaisselle, tapis, bougeoirs, porte-savons, serviettes – avec le catalogue Ikea. Parfois, je rêve de Stan, je le vois s'affairer dans notre ancienne maison : accrocher un tableau, se servir un verre de vin, vider le lave-vaisselle… À mon réveil, je file à l'entrepôt et je rapporte l'objet dont j'ai rêvé, pour qu'il fasse à nouveau partie de ma vie. La dernière chose que je suis allée chercher, c'est sa vieille raquette de tennis Slazenger. La veille, j'avais rêvé qu'il jouait au squash contre le mur, sur le côté de la façade. Je devenais hystérique quand il faisait ça ! J'espère que je ne rêverai jamais qu'il époussette la collection de figurines dont j'ai hérité de ma grand-tante Harriet : en matière de bibelots, elle avait un goût épouvantable ! Mais je crois que je ne risque pas grand-chose, car de son vivant, Stan n'a jamais passé le chiffon sur quoi que ce soit !

Elle rit, mais sa voix chevrote un peu.

— C'est lui ?

Sid désigne un cadre sur une table basse.

Elizabeth sort un mouchoir en tissu de son pull, et essuie ses yeux.

— Oui. La photo a été prise le jour de notre vingtième anniversaire de mariage.

Elle la tend à Sid, qui remarque que sa main tremble légèrement, comme un diapason. Il se demande si elle est aussi nerveuse que lui. À moins qu'elle ne souffre de cette maladie, comment s'appelle-t-elle, déjà ? Parkinson. L'une des amies d'Irena en est atteinte ; sa tête oscille constamment, comme celle de ces poupées que l'on pose sur les plages arrière des voitures. Il jette un coup d'œil au crâne d'Elizabeth, qui culmine paisiblement en haut de son long cou. Aucun soubresaut intempestif. Il ressent un soulagement étrange et bienvenu. Il la connaît à peine, et pourtant, il désire du fond du cœur qu'elle soit en forme et heureuse.

Il baisse les yeux sur la photo qu'elle lui a passée. Un homme, vêtu d'un pantalon en flanelle grise, d'un blazer bleu marine et d'une chemise bleu pâle impeccable, le fixe, un léger sourire aux lèvres. Il tient un verre dans une main et une cigarette dans l'autre. Son nœud de cravate est desserré. Il est dans un jardin, près d'un banc en fer forgé, devant une brassée de grandes fleurs violettes et roses. « Des roses trémières, pense Sid. Les préférées de Megan. »

— Vous avez les mêmes yeux, remarque Elizabeth.

Sid observe le cliché de plus près : elle a raison. Ceux de son grand-père ont la même couleur gris pâle, comme un jour de brouillard au petit matin, avec un anneau noir autour de l'iris. Mais, à l'inverse de Sid, Stan a une épaisse tignasse brune et des sourcils noirs broussailleux.

— Quand il était petit, les gens le surnommaient Groucho ! continue-t-elle. Au moins, tu as échappé à cette malédiction. Les cheveux roux sont un trait de ma famille : les Gallagher sont tous de purs Irlandais poil-de-carotte !

— Je me rappelle des siens, murmure Sid. Ceux de Devi…

92

— Ils étaient magnifiques. Comme les tiens. Mais ils sont gris à présent, et très courts.

— Je sais. J'ai vu une photo de vous tous, le jour de l'anniversaire de Gauvain.

Il n'en dit pas plus, alors elle soupire :

— C'est un choc pour toi, tout ça, n'est-ce pas ?

— Ouais…

Il pense à la peau de Gauvain, noire aux reflets bleutés, qui contraste avec son sourire d'un blanc éclatant.

— Tu ne savais vraiment pas que j'existais ? interroge-t-il.

Il a du mal à concevoir qu'on puisse garder tant d'années un secret aussi énorme, même si, pour être honnête, il pense qu'il en serait probablement capable. Il aimerait savoir ce que Devi a ressenti après l'avoir abandonné à Megan. Avait-elle honte ? Se sentait-elle une moins-que-rien ? Était-elle triste ? Tout de même, ne pas informer sa propre mère que l'on a un enfant, c'est énorme, et un peu cruel aussi…

— J'ai entendu parler de toi pour la première fois la semaine dernière, quand Gauvain a disparu. Phil a alors décidé de me révéler le secret de Devi. C'est un ami loyal envers elle, et envers moi aussi, mais j'aurais préféré qu'il n'attende pas aussi longtemps pour me mettre au courant de ton existence.

Elle effleure le bras de Sid.

— Mais tu es là maintenant, c'est le plus important, non ?

— J'imagine, oui, même si je ne suis pas certain de savoir exactement pourquoi je suis ici. Comment pourrais-je retrouver Gauvain alors que ni Phil ni toi n'y parvenez ?

— Je ne sais pas. En réalité, j'avais surtout envie de faire ta connaissance. Je suis désolée si ça paraît égoïste. Tu nous seras sûrement très utile dans notre enquête. La police est mobilisée, mais Gauvain a enchaîné les fugues, et je la soupçonne de ne pas le chercher très activement. Il n'est jamais resté absent aussi longtemps. Devi est partie, et moi, je ne suis plus aussi jeune qu'avant. Je n'ai plus l'énergie d'arpenter les rues la nuit, en espérant tomber sur lui. On s'est éloignés l'un de l'autre. Je ne connais plus ses amis, ni les lieux qu'il fréquente…

— Mais moi, je ne l'ai jamais rencontré ! s'écrie Sid. Et je ne suis jamais venu dans cette ville !

Elizabeth s'installe sur le canapé et tapote le coussin près d'elle.

— Assieds-toi. Je vais te parler de lui, peut-être que ça t'aidera.

Sid se retourne vers la fenêtre. « TPI ! », pense-t-il. C'est Chloé qui a inventé cette formule pour « Trop-Plein d'Informations ». Il a besoin de temps pour tout assimiler. Un immense ferry gris, souligné d'une bande rouge au niveau de la ligne d'eau, fait son entrée dans le port. Son nom, *Coho*, est inscrit sur la proue. Il semble démesuré, un Godzilla en forme de navire, prêt à écraser le minuscule quai.

Miraculeusement, il manœuvre sans rien endommager.

94

— Ça te dérange si je vais faire un tour ? demande Sid au bout d'un moment.

Armé d'une photo de Gauvain, prise à l'école, et d'une carte du centre-ville de Victoria, il se met en route, après avoir promis de revenir pour déjeuner. Phil a annoncé qu'il avait des choses à faire et qu'il passerait le chercher en début d'après-midi. Sid est inquiet : est-il déjà en train de décevoir Elizabeth en se dérobant ? Mais il a besoin d'être un peu seul. Elle pourra lui parler de Gauvain après le déjeuner.

Il sort de l'immeuble, tourne à gauche et emprunte une passerelle qui longe le rivage. Elle dessert un hôtel et mène à un pont bleu pâle, qui semble avoir été construit avec des pièces de Meccano rouillées. Le sol de la passerelle est composé de planches de bois qui vibrent légèrement chaque fois qu'une voiture passe de l'autre côté de la balustrade en métal. À droite, Sid aperçoit un quai rouge. Il sourit : la vue est la même que celle qu'il a de chez lui ! Des gens sont installés sur une pelouse, au-dessus du quai. Peut-être devrait-il les questionner au sujet de Gauvain ? Mais lorsqu'il se rapproche, il s'aperçoit qu'il s'agit de SDF crasseux, à peine plus vieux que Gauvain. Plusieurs semblent avoir bu ou être drogués. Il tourne les talons, s'engage dans la rue, passe devant des petites boutiques qui vendent des vêtements coûteux, et explore une cour en brique, dans laquelle un jongleur distrait un groupe d'enfants. Il sait qu'il devrait montrer la photo de Gauvain aux passants, mais il ne se sent pas encore prêt. Et puis, la plupart des promeneurs ont l'air de touristes, avec leurs T-shirts souvenirs, leurs appareils photo, et leurs cartes de la ville. Il faut qu'il trouve des adolescents qui habitent ici, mais pour le moment, il préfère déambuler sans but précis. Juste avant de retourner à l'appartement d'Elizabeth, il entre dans un magasin de fournitures d'art et s'offre une boîte de feutres et un carnet de croquis. Avant qu'il ne parte, Megan lui a donné deux-cents dollars, « en cas de nécessité absolue ou d'urgence », a-t-elle précisé. Il a laissé son cahier à spirale enfermé dans sa chambre, mais il brûle d'envie de dessiner le pont bleu, le jongleur, le ferry géant, les kayaks… « C'est ce qu'on appelle une nécessité absolue, voire une urgence, non ? » se dit-il. À l'angle de la boutique se trouve une boulangerie. Il se souvient que Megan apporte toujours un petit cadeau lorsqu'elle est invitée chez quelqu'un. Il commande une demi-douzaine de cookies à une vendeuse d'à peu près son âge, aux cheveux platine en pétard, qui porte un anneau à une narine. Tandis qu'elle compte la monnaie, il sort la photo de Gauvain.

— Tu connais ce garçon ?

Elle se penche sur le cliché un long moment, puis demande :

— Qui est-ce ?

— Mon frère. Il a disparu.

— Sérieux ?

96

Sid ne saurait dire si elle est choquée parce que Gauvain est son frère, ou parce qu'il a fugué…

— En fait, c'est mon demi-frère. Et il est parti depuis une semaine.

Elle secoue la tête :

— Non, désolée. Je ne l'ai pas vu.

Sid range la photo dans sa poche et prend son sachet de cookies. Il est découragé, même s'il sait bien qu'il était ridicule de croire qu'il retrouverait Gauvain en se contentant de montrer sa photo à la première inconnue.

— Je te ferai signe si je le vois, ajoute la vendeuse.

— Super, merci, lâche-t-il en se retournant vers la sortie.

Elle le rattrape par la manche, en riant.

— Ton nom ? Ton numéro de téléphone ?

Il devient écarlate devant le bout de papier et le crayon qu'elle lui tend.

— Je m'appelle Sid et je suis chez ma grand-mère, Elizabeth Eikenboom. Elle habite dans l'immeuble, après l'hôtel, là-bas, sur le port. Mais je ne connais pas son numéro de téléphone…

« Quel crétin ! J'aurais dû lui demander avant de partir… », se reproche-t-il, tout honteux.

— Tu as un portable ?

— Non. Il n'y a pas de réseau chez moi.

— Et tu habites où ? En Mongolie-Extérieure ?

Il pouffe :

— Non. Sur une île, dans le Nord.

— Ah, d'accord. Je comprends mieux.

— Quoi ?

— Ton air – comment dire ? – mystérieux, un brin innocent aussi…

Sid rougit un peu plus tandis qu'elle lui tend la main.

— Je m'appelle Amie – mais par pitié, I E à la fin ! précise-t-elle en levant les yeux au ciel. Ma petite sœur, c'est Harmonie – I E aussi. Et je ne te donnerai pas le nom de notre mère, ce serait trop embarrassant. Je travaille ici de sept heures à douze heures, du mercredi au dimanche. Si tu m'apportes un exemplaire de cette photo, je ferai ma petite enquête. Et on pourra le chercher ensemble, si tu veux.

— Tu ferais ça ? Pourquoi ?

Elle éclate de rire :

— Parce que tu as l'air paumé, parce que je suis dingue des roux, parce que ton frère est vraiment jeune, et parce que je m'ennuie. Au choix. Et puis, c'est trop dur de chercher quelqu'un sans connaître le contexte.

— Le contexte ?

— Ben oui. Quels sont les endroits préférés des ados, ceux qu'il vaut mieux éviter. Ce genre de trucs.

Un client se racle la gorge derrière eux et Sid s'efface pour qu'il puisse passer sa commande.

Dans le doute

— JE T'AI PRÉPARÉ LE MENU FAVORI de Gauvain : des rêves de fromage et des pommes au four, annonce Elizabeth lorsque Sid entre dans l'appartement.

— Ça a l'air fameux ! s'écrie-t-il. Mais il n'a aucune idée de ce que peut bien être un « rêve de fromage ».

Il lui tend le sac en papier :

— C'est pour toi. Ce sont des cookies.

— Que c'est gentil ! Va vite te laver les mains pendant que je mets les rêves de fromage au four.

Il s'avère que ceux-ci ressemblent beaucoup aux « croque-monsieur à ma façon » de Megan : des muffins recouverts de cheddar et de bacon que l'on passe au gril jusqu'à ce que le fromage ait fondu et que le bacon soit bien croustillant. « Deux fois du bacon dans la même journée ? se dit Sid. Jamais on ne verrait ça à la maison... »

— Quand j'étais petit, je harcelais Megan pour qu'elle m'en fasse ! révèle-t-il à Elizabeth. Mais comme on n'utilise jamais de farine blanche à la maison, elle remplace les muffins par des tranches de pain complet. Et en dessert, elle préfère servir de la compote de pommes. Mais les pommes au four, c'est bon aussi, se hâte-t-il d'ajouter. À condition qu'elles ne soient pas farineuses…

— Je suis d'accord ! Il n'y a rien de pire qu'une pomme farineuse ! approuve Elizabeth.

Ils mangent en silence. Elle ne lui a pas encore demandé comment s'était passée sa matinée. Sid trouve son calme étonnant pour quelqu'un dont la fille et le petit-fils ont disparu. Mais peut-être est-ce sa nature ? Ou alors, le fait de côtoyer un adulte instable et un adolescent rebelle lui a-t-il appris à garder la tête froide, quelles que soient les circonstances ? Sid n'a pas l'habitude d'engager la conversation, mais il tient à la tenir au courant des premiers progrès de son enquête, même s'ils sont minces.

— J'ai fait la connaissance d'une fille aujourd'hui, commence-t-il. Elle a proposé de m'aider à chercher Gauvain. Elle s'appelle Amie et travaille dans la boulangerie où j'ai acheté les cookies.

Elizabeth hoche la tête.

— Pourrais-tu me donner d'autres exemplaires de la photo de Gauvain ? Et un numéro de téléphone, pour qu'on puisse nous contacter ?

Elizabeth fronce les sourcils :

100

— Il te faut un téléphone portable pour la durée de ton séjour. Tu sais, l'un de ces appareils jetables que les criminels utilisent dans les séries télé…

Elle sourit :

— Même si tu n'as pas franchement une tête de gangster !

— Tu veux parler des téléphones à carte ?

« Le budget "urgences" de Megan va en prendre un coup ! » pense-t-il.

— C'est ainsi qu'on les appelle ? interroge Elizabeth. Je demanderai à Phil où l'on peut se les procurer. Et ne t'inquiète pas, c'est moi qui paierai.

Sid marmonne qu'il peut le financer lui-même, mais il ne se trouve pas très convaincant.

— Je suis une vieille dame riche, lui rappelle-t-elle. Et tu es mon petit-fils : j'ai des années de cadeaux à rattraper !

— Alors, d'accord. Mais ne m'achète pas un smartphone ou un appareil sophistiqué. Il n'y a pas de réseau sur mon île, et je ne vais pas rester ici très longtemps.

— Je comprends, dit Elizabeth.

Ce ne sont pas des paroles en l'air, il le sent.

Phil s'arrête au supermarché pour acheter un téléphone à Sid. Dès qu'ils arrivent au garage, le garçon grimpe dans la mezzanine et compose le numéro de Chloé. Il sait que la communication vers l'île va lui coûter cher, mais tant pis, il a besoin de lui parler. Évidemment, elle ne répond pas. Même si elle est dans un endroit où les communications passent, elle ne reconnaît pas le numéro qui s'affiche, et donc, elle ne décroche pas. Il lui laisse un message :

— Salut, c'est moi ! Je t'appelle avec mon nouveau téléphone ! Oui, je sais, j'avais juré que je n'en aurais jamais. Mais ici, j'en ai besoin. Appelle-moi, s'il te plaît. Tu me manques. Je sais que tu es furieuse parce que je suis parti, je m'excuse…

Il laisse son numéro et met fin à la communication, puis il essaie à la maison, mais sans plus de succès. Il donne une nouvelle fois son numéro. Il ne s'est jamais senti aussi seul. Il redescend et observe le travail de Phil, qui ponce une commode.

— Tu as fait chou blanc ? demande celui-ci en s'arrêtant un instant.

Sid hoche la tête.

— Est-ce qu'il y aurait un vélo ici que je pourrais emprunter ? J'irais bien faire un tour.

— Le mien a les deux pneus à plat. Je l'utilise si rarement… Mais tu peux prendre le vélo hollandais de Devi ou le BMX de Gauvain.

— Le vélo *hollandais* ?

Sid n'a jamais entendu cette expression. Il connaît les fromages hollandais, mais les vélos…

— Tu sais, ces bicyclettes pour femmes qui ont le tube horizontal placé plus bas, le guidon en hauteur, et une coque de protection pour la chaîne, explique Phil. Celui de Devi est rose pétant, avec un panier en osier et une belle sonnette !

102

Il éclate de rire.

Sid fait la grimace. Plutôt marcher à quatre pattes dans les rues que de se promener sur cet engin !

— Et le BMX ? Gauvain est grand pour son âge, il devrait être à ma taille.

Sid regrette de ne pas avoir pensé à emporter son VTT gris sale. Quand il est sur un BMX, il a toujours l'impression de l'avoir volé à un enfant de six ans.

— Il est sous la véranda. Gauvain l'adorait, ce vélo. Pendant un temps, il pensait même faire de la compétition. Il était vraiment doué. Mais c'est fini, tout ça. Maintenant, le BMX prend la poussière derrière la maison.

— Je l'emprunte, lance Sid en se dirigeant vers la porte. À quelle heure dois-je revenir ?

— D'ici deux heures. J'ai pensé qu'on pourrait commander une pizza et définir une stratégie.

— Une stratégie ?

— Pour retrouver Gauvain.

— Ça marche.

Et il referme la porte derrière lui.

Le vélo de Gauvain est vert vif et a certainement dû coûter très cher. Une inscription en lettres calligraphiées figure sur la barre la plus basse : « le Chevalier vert ». Sid éclate de rire : « Magnifique ! *Sire Gauvain et le Chevalier vert* : que bel hommage à la légende du roi Arthur ! » Il possède toujours la version illustrée du vieux conte qu'il a découvert lorsqu'il avait dix ans. Il se souvient du Chevalier vert en train de replacer sa tête coupée sur ses épaules, de sire Gauvain affrontant un ogre, un dragon, une meute de loups, du dénouement heureux. Il sort le BMX de la véranda, vérifie l'état des pneus et s'élance sur l'allée cahoteuse qui mène à la rue, avec l'impression d'être un géant sur une bicyclette de nain.

Il tourne à gauche, puis à droite, en direction de la mer. Du moins, il l'espère. De toute façon, il ne peut pas se tromper longtemps puisqu'ils sont sur une île, certes plus grande que celle sur laquelle il vit, mais une île tout de même. Après s'être éloigné de quelques pâtés de maison, le parfum de l'océan lui chatouille les narines. Il suit une route qui serpente le long du littoral, passe devant une marina dont l'entrée est ornée d'une statue d'orque grandeur nature. À côté se trouve un espace vert, et, à un kilomètre de là environ, un deuxième petit parc, disposant d'une aire de jeu et d'une grande esplanade. Il s'arrête un moment pour regarder des enfants qui construisent un château de sable, puis il dévale une colline qui débouche sur un autre parc équipé d'une rampe de mise à l'eau. Il roule sur les rochers jusqu'à la mer et contemple des voiliers qui font la course en direction d'une bouée orange. Au loin, sur sa gauche, une énorme montagne, couronnée de neige, surplombe le paysage. Cette vision improbable donne l'impression qu'une carte postale du Mont Fuji a été plaquée sur l'horizon. Il faudra qu'il demande le nom de ce sommet à Phil. Peut-être est-il situé de l'autre côté de la frontière, aux États-Unis ? Il n'en est pas sûr. Ici, tout lui paraît familier et étranger à la fois. C'est la même côte, et pourtant, elle est différente. Chez lui, après avoir pédalé une demi-heure, il est en rase campagne ; ici, il est encore entouré par la civilisation : demeures surplombant le front de mer, 4 × 4, bus de touristes, élégantes tenant des chiens à la mode au bout de luxueuses laisses, poubelles pleines à craquer, musique de hip-hop à plein volume dans une voiture... Malgré tout, les rochers, le ciel, l'eau, le vent et le soleil sont les mêmes. Il se représente les vagues qui parcourent à toute allure le mince détroit reliant cette île et la sienne. S'il jetait une bouteille à la mer, Chloé pourrait la récupérer dans la crique. Peut-être serait-ce le moyen qu'elle lui réponde ? Il faut qu'il lui parle d'Elizabeth, de son grand-père décédé, du Chevalier vert...

Il reste assis un moment, à suivre les voiliers qui se frayent un chemin entre les balises orange, à écouter les cris des mouettes se disputant le contenu d'une poubelle, puis il enfourche son vélo et repart chez Phil.

— Ce n'est pas vraiment une stratégie, explique Sid à Amie, le lendemain. Un partage des tâches, plutôt. La journée, je vais me promener dans le centre-ville pour montrer la photo de Gauvain, et le soir, Phil sillonnera les rues en voiture et questionnera les passants.

Amie a fini son service à la boulangerie et veut manger des sushis avant de partir à la recherche de Gauvain.

— Tu as pris des exemplaires supplémentaires de sa photo pour qu'on les distribue ?

— Elizabeth m'en a imprimé une série. Elle a un équipement informatique complet : un Mac, une imprimante photo, un fax, un appareil photo numérique. Elle dit que c'est indispensable pour sa carrière.

— Sa carrière ? Mais elle a dans les quatre-vingts ans, non ?

— Elle est plus près des soixante-dix, je crois. Elle est actrice. Tu l'as sûrement déjà vue, elle a tourné dans des pubs.

— Lesquelles ?

— Eh bien, par exemple, la grand-mère de Vitaforme, c'est elle !

Sid se sent ridiculement fier en disant cela, comme si Elizabeth avait reçu le prix Nobel de la paix. Amie ouvre des yeux ronds :

— Sans blague ? J'adore leurs pubs ! Elles font un carton sur YouTube. Elle le sait, tu crois ?

— Ça m'étonnerait. Je ne suis pas sûr qu'elle regarde beaucoup de vidéos sur YouTube !

Il n'ose pas ajouter : « Moi non plus, d'ailleurs ! »

— J'ai mis mon numéro de portable au dos des photos, annonce-t-il.

— Bon plan !

Amie s'arrête devant un restaurant de sushis.

— J'ai un ami, Dan, qui travaille ici. Viens lui dire bonjour, on en profitera pour lui parler de ton frère.

Sid s'attend à ce que Dan soit asiatique, mais il ressemble plutôt à un surfer de Californie : longs cheveux blonds ébouriffés, bronzage prononcé, yeux bleus, dents blanches bien alignées. Un Keanu Reeves en début de carrière, avec une teinture blonde ratée.

— Makis au thon ! annonce-t-il en tendant un sachet en papier brun à Amie. Avec un supplément de sauce soja. C'est le gars dont tu m'as parlé ?

Amie hoche la tête :

— Oui, c'est lui. Sid, je te présente Dan.

Les poings des deux garçons s'entrechoquent en guise de salut, puis Dan donne une tape sur l'épaule de Sid :

— Ton petit frère vous a faussé compagnie, à ce qu'on m'a dit.

— Oui, enfin si on veut. Dans la mesure où je ne l'ai jamais vu, c'est un peu étrange de le dire comme ça ! Mais oui, il a disparu depuis une semaine environ. Il n'a que treize ans.

— Dur, soupire Dan. Il est jeune, tout de même. T'as un visuel ?

— Un quoi ?

— Une image. Une photo…

Sid en sort une de son sac à dos et la tend à Dan, qui la regarde en s'y reprenant à deux fois :

— Hé, mais il est noir, mec ! fait-il remarquer à Sid, comme si celui-ci ne s'en était pas aperçu.

— Et alors, ça te dérange ? riposte Amie. Ta mère est bien coréenne.

— Non, je suis surpris, c'est tout. Regarde…

Il tend l'index vers Sid.

— Plus blanc que ce gars, ça paraît difficile ! Et l'autre…

Il pointe le visage de Gauvain.

— … il est noir de chez noir ! C'est un constat. Point.

— Bien vu ! acquiesce Sid en se dirigeant vers la porte. Amie paie et le suit.

— Désolée, lâche-t-elle. C'est un brave type, mais il manque un peu de délicatesse.

— Je m'en étais aperçu, étant moi-même un être particulièrement délicat…

Elle éclate de rire et sort du sachet un petit plateau noir rempli de rouleaux de riz fourrés au poisson.

— On peut s'asseoir un moment, le temps que je déjeune ?

— Bien sûr, répond Sid. Où ça ?

— Ici, ce sera parfait.

Elle désigne un banc devant un café Starbucks.

— Je suis une de leurs fidèles clientes. On devrait leur laisser une photo.

Sid entre pendant qu'elle mange. Le jeune caissier prend la feuille sans même y jeter un coup d'œil.

Il obtient la même réaction dans la plupart des endroits qu'ils visitent l'après-midi. Personne ne semble très concerné par la disparition de Gauvain.

— Il n'a que treize ans, répète Sid en boucle.

— Il fait plus vieux, rétorque une femme d'un ton accusateur, comme s'il mentait.

— Qu'est-ce qui ne va pas chez eux ? demande-t-il à Amie, lorsqu'ils s'arrêtent pour acheter une boisson à un marchand ambulant.

108

Elle hausse les épaules :

— Ils sont blasés. Beaucoup de jeunes en fugue traînent dans le quartier. Ils tombent dans la drogue, la prostitution, ils font la manche. Certains volent dans les magasins, urinent sur les vitrines, ou les vandalisent. Les commerçants ont la trouille. Pour eux, ton frère, c'est d'abord un éventuel problème de plus…

« La vie de ces gamins doit être horrible, se dit Sid, pour qu'ils choisissent de dormir sur le béton froid, de vendre leur corps ou de mendier. » Il a du mal à se l'imaginer. Mais ça ne change pas le fait que Gauvain a disparu, et que ce n'est pas la première fois. Il va probablement toujours au même endroit, un lieu secret, connu de lui seul. Peut-être est-il avec un ami dont personne n'a entendu parler ?

— Enid, ma sœur aînée, est chez elle, déclare Amie. Je l'ai prévenue qu'on passerait. Elle travaille à mi-temps au centre d'accueil pour enfants, elle pourra peut-être nous aider.

Elle jette son gobelet dans la poubelle destinée aux déchets recyclables et attend que Sid fasse de même. Il la suit jusqu'au bout d'une allée, puis dans un immeuble qui sent le pipi de chat et le chou, et ils grimpent l'escalier. En haut, ils frappent à la porte d'un appartement. Une sorte de geisha leur ouvre.

— Salut, Enid ! lance Amie. Super, le kimono !

Enid, la perruque noire un peu de travers, porte des chaussettes blanches et des tongs noires. Elle s'incline en murmurant :

— Konnichiwa !

Puis elle recule pour les laisser entrer dans son minuscule studio.

— Enid fait partie de la troupe de théâtre de son université, explique Amie à Sid. Ils sont en train de monter l'opérette *Le Mikado*. Ma sœur incarne ses personnages selon les méthodes de l'Actors Studio, comme tu peux t'en rendre compte…

Enid retire son postiche et le jette sur le futon à côté d'elle. La perruque abandonnée ressemble à un chiot épagneul noir ! Les cheveux blonds d'Enid sont tressés et plaqués sur son crâne.

— Ce truc me gratte la tête : je n'en peux plus ! Et c'est encore pire sous la lumière des projecteurs. Sid, j'imagine ? lance-t-elle en lui tendant la main. Moi, c'est Enid, alias Yum-Yum.

Sid entonne les premières mesures de *Three Little Maids from School*, l'air le plus célèbre de *Mikado*.

— Hé ! s'écrie-t-elle en direction de sa sœur. Où as-tu déniché cet amour de garçon ?

Amie roule des yeux :

— Ne fais pas attention, Sid. Elle surjoue.

— Sérieusement, coco, où as-tu appris cette chanson ? interroge Enid en enlevant son kimono.

Elle porte un short en jean déchiré et une chemise marron à manches courtes avec le prénom Larry brodé sur la poche poitrine.

110

— Sur mon île, répond Sid. Là-bas, on est dingues de l'œuvre de Gilbert et Sullivan. Tous les ans, on se réunit pour chanter ensemble pendant une soirée. J'ai fini par me constituer un petit répertoire…

Enid lui jette un regard appréciateur :

— À ce que je vois, ils font pousser des chérubins aussi, sur ton île.

Ses yeux miel doré le considèrent, amusés mais bienveillants.

Sid fronce les sourcils :

— Des chérubins ?

Elle plisse le front :

— Non, ce n'est pas tout à fait exact. En réalité, tu ressembles au Cupidon du Caravage. Les yeux, les boucles, les lèvres. L'innocence trompée…

Elle se tourne vers Amie :

— Tu ne trouves pas ?

— Ne t'inquiète pas, Sid, fait Amie, son cours d'histoire de l'art lui est un peu monté au cerveau. Montre-lui la photo.

Sid la sort de son sac à dos et la présente à Enid, qui la contemple un long moment avant de la poser sur une table basse, sur laquelle des partitions voisinent avec de la vaisselle sale.

— Le Chevalier vert, lâche-t-elle. C'est lui qui a disparu ?

Pas de chance

— TU LE CONNAIS ?

Enid acquiesce :

— Il vient au centre parfois.

— Mais ce n'est pas un gamin des rues, proteste Sid. Il vit avec sa mère à Oak Bay… Enfin, ça c'était jusqu'à ce qu'il fugue, la semaine dernière.

— On ne leur pose pas trop de questions, tu sais. Si un jeune veut parler, on l'écoute. Sur place, une équipe est là pour l'aider : des infirmières, des conseillers, et même deux avocats qui travaillent bénévolement. Mais, en principe, ils viennent surtout pour prendre une douche, se restaurer, et se reposer en paix un moment. Le Chevalier vert n'a jamais beaucoup discuté. Je ne connais même pas son vrai nom, ni son âge.

— Il s'appelle Gauvain et il a treize ans.

— Treize ans ? Je lui en donnais au moins quinze ! Et sa mère… Elle est où ?

— Elle est partie il y a une quinzaine de jours, soupire Sid. Elle est bipolaire, mais elle a arrêté de prendre ses médicaments.

— Tu t'entends bien avec elle ?

Sid réfléchit un moment avant de répondre. Il n'est pas sûr d'avoir envie de lui parler de son histoire. Après tout, Enid est une étrangère. Le problème, ce n'est pas lui, c'est Gauvain. Néanmoins, il décide d'être franc :

— Non. Je ne suis pas lié à ma mère biologique.

Enid lève un sourcil, alors il ajoute :

— Je vis avec mes parents – adoptifs – depuis l'âge de deux ans. D'eux, je suis très proche. Je n'étais même pas au courant de l'existence de Gauvain jusqu'à ces derniers jours.

— Et malgré tout, tu es venu jusqu'ici pour le chercher ?

Il fait un signe affirmatif.

— Ça m'a paru la meilleure chose à faire. J'ai appris que j'avais une grand-mère aussi. Elizabeth. J'avais envie de faire sa connaissance.

Enid se lève du futon et enfile une énorme sacoche en bandoulière, comme une Mary Poppins version « hipster ». Elle pourrait transporter n'importe quoi dans ce sac : une lampe à lave, une bouteille de liqueur, un couteau suisse, une robe de mariée, des provisions pour préparer un déjeuner à six plats…

— Allons-y ! lance-t-elle.

Sid et Amie sortent de l'appartement derrière elle et descendent les escaliers sales.

— Où va-t-on ? se renseigne Amie.

— Au centre. Peut-être que quelqu'un l'aura vu ? Tu as d'autres exemplaires de cette photo, Sid ?

Il lui en donne une demi-douzaine, qu'elle fait disparaître dans son sac géant.

Enid avance comme une sportive pratiquant la marche athlétique : elle balance les bras, se déhanche et tape le trottoir avec ses sandales. Talon, orteils, talon, orteils. Sid doit quasiment courir pour garder le rythme. Ils atteignent rapidement une partie du port qu'il ne connaît pas encore ; là, les bâtiments, plus industriels, n'ont pas été ravalés pour séduire les touristes. Ils arrivent à un refuge devant lequel des hommes se sont rassemblés pour fumer et mendier. Quelques-uns saluent Enid, qui en profite pour leur remettre une photo de Gauvain et les prier de la prévenir s'ils le rencontrent.

— T'inquiète, on va ouvrir l'œil, promet l'un d'eux.

— Ce n'est qu'un môme ! s'indigne un homme édenté aux longs cheveux gris et sales. Qu'est-ce qu'il fout dans la rue ?

Enid acquiesce et pose sa main sur sa manche.

— Tu as raison, Milo. Il fait plus vieux qu'il ne l'est réellement. Si tu le vois, ne lui fais pas peur, préviens-moi aussitôt, OK ? Tu peux aussi appeler le numéro en bas de la photo.

Elle lui tend une carte de visite professionnelle qu'il glisse dans la poche de son blouson.

— Tu peux compter sur moi.

Alors qu'ils s'éloignent, Enid demande à Sid d'estimer l'âge de Milo.

— Soixante-dix ?

— Quarante-cinq. Il vit dans la rue depuis des années. Il était agent de change, mais il est devenu accro à la cocaïne et il a tout perdu. Ensuite, il s'est mis au crack, puis à l'alcool. Mais c'est un brave type, il se donne du mal pour retrouver les adolescents qui fuguent. Il nous les envoie au centre.

Sid ne sait que répondre. Enid a raison : il est naïf. Quel mot a-t-elle employé ? Un chérubin. Il n'est pas sûr d'en connaître le sens exact. Il vérifiera. Tout ce qu'il sait, c'est qu'ici, il n'est pas dans son élément, même s'il n'est pas aussi angoissé qu'il le redoutait. Perturbé, plutôt. Rien de ce qu'il a vécu sur son île ne l'a préparé à ce qu'il voit aujourd'hui. Il voudrait s'excuser de son innocence, de sa stupidité, de son ignorance, même s'il sait qu'il n'en est pas responsable. Sans prévenir, Enid et Amie entrent dans un petit immeuble en brique. Un peu plus, et Sid continuait tout droit. Une pancarte peinte à la main, accrochée au-dessus de la porte, indique : *L'Oasis de la rue.* Sur un mur sale, à l'intérieur, une autre prévient : « *Si tu as pris des stupéfiants, ou si tu en as dans ta poche, reviens plus tard.* »

Enid fait un signe à une femme assise à un bureau, dans le hall.

— Déjà là ? s'étonne celle-ci.

— J'étais en manque ! rit Enid. Je te présente Sid. Il cherche son frère, le Chevalier vert. Tu te rappelles de lui ?

— Bien sûr ! C'est quelqu'un qu'on n'oublie pas, le Chevalier vert. Il est en fugue depuis combien de temps ?

— Une semaine environ, déclare Enid.

Sa collègue fronce les sourcils :

— Ses parents sont où ?

— Pas de père. La mère a disparu aussi. Tu peux te renseigner et montrer sa photo ?

— Bien sûr, je te préviens dès que j'entends parler de quelque chose. Bonne chance.

— Merci !

Sur le chemin du retour, Amie et Enid bavardent sans discontinuer. Untel est « un vrai con », le costume du *Mikado* serre trop, le type qui joue Nanki-Poo est un dieu, se gargariser avec de l'eau salée soulage les maux de gorge, la fête après la représentation aura lieu dans une boîte géniale…

Sid laisse leurs propos glisser sur lui, comme une vague inoffensive et incompréhensible. Il s'aperçoit à quel point le babillage de Chloé lui manque, même si, souvent, il ne l'écoute pas. Lorsqu'ils approchent du pont bleu, il décide de retourner voir Elizabeth. Tant pis si elle n'est pas là, il prendra le soleil un moment sur la passerelle.

— Je vais dans cette direction, annonce-t-il en montrant le pont.

— Pas tout de suite, non ! rit Amie.

— Quoi ?

Il ne s'attendait pas à ce qu'on lui oppose une résistance. Il est avec Amie et Enid depuis des heures, elles ont forcément des choses plus intéressantes à faire que de rester avec lui.

— Regarde ! lance Amie.

Le tablier du pont se lève lentement pour laisser place à un voilier.

— Magique, non ? J'adore ce spectacle. Mais par contre, la manœuvre prend un temps fou : te voilà coincé pour un moment.

Sid acquiesce, tandis que le pont achève tranquillement son ascension. Il n'est pas pressé.

— Appelle-moi si tu as des nouvelles, dit Amie.

Enid est déjà de l'autre côté de la rue.

— Tu viens ? crie-t-elle à sa sœur.

— Au revoir, Sid. Il faut que je file. Je donne un coup de main au théâtre, ce soir, pour la répétition en costumes. Je vais m'occuper des coiffures et du maquillage. La production n'est pas très riche ! Et si tu venais voir la pièce, avec ta grand-mère ? Je t'envoie les infos par texto, d'ac ?

— Bonne idée ! approuve-t-il, tandis qu'elle court rejoindre Enid.

Il attend que le pont redescende et s'engage juste au moment où un remorqueur passe en dessous. Un homme, vêtu d'un blouson jaune, lui fait un signe depuis le bateau. Sid répond tout en continuant d'avancer. Chez Elizabeth, l'interphone sonne dans le vide. Sid s'installe sur un banc, et sort son carnet de croquis et ses crayons de couleur. Il veut garder une trace de tout ce qu'il a vu aujourd'hui : Enid dans son costume de geisha, le visage marqué de Milo, la pancarte du centre d'accueil, le voilier glissant sous le tablier du pont relevé. Il est si concentré qu'il sursaute en entendant son prénom. Elizabeth se tient devant lui, un sac rempli de provisions à chaque main.

— Tu veux faire ta BA ?

Il bondit, laisse tomber son bloc et ses crayons par terre, les ramasse à la hâte, les range dans son sac à dos, et prend les paquets d'Elizabeth.

Elle roule des épaules et soupire :

— À chaque fois, je me promets de n'acheter qu'un article ou deux, et pourtant…

Elle désigne ses achats :

— Une promotion, un plat qui me tente, et voilà le résultat ! Je ne peux pas m'en empêcher.

Les poignées des sacs en tissu scient les paumes de Sid.

— Le magasin est loin ? demande-t-il.

— Pas trop : un bon kilomètre et demi. Mais en voiture, c'est compliqué, et puis faire de l'exercice est excellent.

Elle ouvre la porte de l'immeuble et ils prennent l'ascenseur en silence. Pendant qu'ils déballent les courses, elle l'interroge :

— Tu as progressé ?

— Un peu.

Il lui raconte sa rencontre avec Enid et leur visite au centre d'accueil.

— C'est bien, soupire-t-elle.

Elle a l'air épuisée, mais il ne saurait dire si sa fatigue est due à sa sortie au supermarché ou à sa situation familiale. Les deux, probablement.

— Je peux préparer du thé, si tu veux, propose-t-il. Je fais ça très bien.

— Ça ne m'étonne pas de toi, trésor. Ce serait adorable. Je vais aller mettre mes vieux pieds en l'air, si ça ne te dérange pas. Tu trouveras tout ce qu'il faut pour préparer du thé dans cette commode. La bouilloire est sur la cuisinière.

Lorsqu'il entre au salon avec le plateau, Elizabeth est allongée sur le canapé rouge, enveloppée dans un plaid en mohair. Sid lui sert une tasse de thé, après avoir versé le lait en premier, comme elle l'en a prié, et la lui tend. La main de sa grand-mère tremble légèrement en portant la tasse à ses lèvres.

— Que dessinais-tu ? J'aimerais bien voir…, dit-elle.

Sid se tortille sur sa chaise. Il n'aime pas parler de ses dessins, et encore moins les montrer. Mais ce serait mal élevé de ne pas répondre.

— Des trucs que j'ai vus aujourd'hui, genre un vieil homme qui, en fait, n'était pas si vieux que ça, une geisha qui n'était pas japonaise.

Elizabeth rit :

— Des « trucs » à l'apparence trompeuse, si je comprends bien !

— Pas faux !

Comme il ne rebondit pas, elle l'interroge :

— Tu es déjà allé à Ripple Rock ?

— Ripple Rock ?

Il aimerait savoir pourquoi elle lui parle de ce lieu maintenant, mais il lui est reconnaissant de changer de sujet.

— Tu n'habites pas loin, n'est-ce pas ?

— Exact, mais l'explosion remonte à de nombreuses années.

Elle se redresse un peu :

— Je sais. Je faisais mes études d'infirmière, à l'époque. Quand j'ai entendu qu'ils allaient dynamiter une montagne souterraine pour la pulvériser en mille morceaux, j'étais convaincue qu'une lame aussi haute que l'Empire State Building allait remonter le détroit de Johnstone et rayer Victoria de la carte. Le matin de l'explosion, j'ai pédalé jusqu'au sommet du mont Tolmie. Je n'arrivais pas à comprendre pourquoi personne ne s'affolait. Bon sang, ce n'était tout de même pas pour rien qu'on avait mobilisé des infirmières de Campbell River ! Je m'imaginais la vague comme celle du célèbre tableau d'Hokusai, belle et menaçante. Mais les infirmières n'ont rien eu à faire. Si l'on en croit les rapports des spécialistes, l'explosion a très peu perturbé les créatures marines de la région. Je me suis toujours demandé à quoi ressemblait Ripple Rock aujourd'hui.

Sid réfléchit une minute avant de lui répondre. Caleb adore évoquer Ripple Rock. L'un de ses plus grands regrets est d'avoir été bébé lors de l'opération de dynamitage, et de n'avoir jamais vu cette montagne souterraine au temps de sa puissance meurtrière.

— Chaque fois qu'on y passe, Caleb nous dit : « Il est encore là ! », comme si le rocher était un géant ou un monstre, mais, pour être honnête, il n'y a pas grand-chose à voir en surface, même à marée basse. Tout ce qui reste de la montagne gît au fond de l'eau.

Elizabeth soupire :

— Tout de même. J'aimerais bien y aller. Et voir où Devi habitait, et où toi, tu as grandi. Cette région semble si… sereine.

— Sauf les jours où l'on organise des explosions géantes !

Ils restent assis en silence pendant quelques minutes, à observer une minuscule navette portuaire jaune et vert charger des passagers au niveau du ponton d'un hôtel.

— Parle-moi de Gauvain, se décide-t-il. C'est bizarre de le chercher sans savoir qui il est vraiment. Hormis qu'il aime faire du BMX et qu'il s'est attiré pas mal d'ennuis dernièrement, je ne connais rien de lui. J'ai du mal à m'imaginer où il a bien pu aller.

— Mais oui, tu as raison ! s'exclame Elizabeth en tendant sa tasse pour qu'il lui resserve du thé. Pour toi, c'est comme chercher une aiguille dans une botte de foin… Ce serait plus simple si tu savais s'il s'agit d'une aiguille à coudre, à tricoter, ou d'une seringue.

Elle frissonne.

— Non que je sous-entende qu'il se drogue…

— … ou qu'il soit membre de la secte des tricoteurs fous ! termine Sid avec un sourire.

Elizabeth éclate de rire et manque de renverser son thé.

— Tu as un humour décapant, trésor ! Gauvain est un peu comme toi : drôle, sans avoir besoin de faire le clown. Mais je dois reconnaître qu'il est beaucoup plus extraverti.

— En même temps, ce n'est pas très difficile…

— Gauvain était un petit garçon adorable. Joyeux, intelligent, chaleureux. Courageux, jusqu'à en être téméraire.

— Que s'est-il passé ?

— Qui peut le dire ? La puberté ? Les problèmes de sa mère ? L'absence de son père ? Les mauvaises fréquentations ? C'était un enfant insouciant, qui adorait ramer dans la baie, sur le canot de Stan, et mémoriser les noms scientifiques des créatures marines. Je me rappelle que le mot « nudibranche » le faisait hurler de rire. Et puis, du jour au lendemain, il est devenu renfrogné, secret, grossier. Même si je suis certaine que ça n'a pas été aussi soudain que ça. Personne d'entre nous n'a dû y prêter suffisamment attention, je suppose. La première fois qu'il est parti, il avait dix ans.

— Où est-il allé ? interroge Sid, en se penchant en avant sur sa chaise.

— On ne l'a jamais su. Il est rentré le lendemain. Affamé et très perturbé.

— Vous aviez appelé la police ?

Elizabeth secoue la tête :

— Devi ne voulait pas. Elle prétendait qu'elle lui faisait confiance… Faire confiance à un enfant de dix ans, ça n'a pas de sens ! On s'est violemment accrochées. À tel point qu'on ne s'est plus parlé jusqu'à ce que le petit fugue de nouveau. Elle m'a appelée pour savoir s'il était chez moi. Je lui ai répété qu'elle devait prévenir la police, Phil a fait de même, mais lorsqu'elle s'est enfin décidée, Gauvain est revenu. L'histoire s'est répétée à plusieurs reprises. Toujours avec le même scénario : Devi et lui se disputaient, il passait la nuit dehors et réapparaissait le lendemain matin.

— Il n'est donc jamais parti aussi longtemps.

— Oh, non !

— Qu'est-ce qui a changé ?

Elizabeth n'a pas besoin de réfléchir longtemps :

— Devi. Elle a arrêté de prendre ses médicaments et elle a tout cassé chez eux. Il ne l'avait jamais vue comme ça – incontrôlable, violente…

— Violente ?

Le visage d'Elizabeth devient blême. Est-ce la première fois qu'elle envisage l'hypothèse que Devi ait pu frapper Gauvain ? Sid aimerait la rassurer, mais il en a vu passer tellement, des enfants maltraités par leurs parents. « La violence parentale est aussi répandue que la poussière », répète Megan.

— Il est certainement retourné là où il se réfugie d'habitude, dit-il lentement. Sauf que cette fois, il y reste plus longtemps parce qu'il a peur de rentrer à la maison.

— Mais il doit bien se douter qu'on est morts d'inquiétude, non ? Et Devi est partie, il ne craint rien.

— Oui, mais est-ce qu'il le sait ?

— Non, je ne crois pas.

— Alors, il faut le retrouver pour le lui dire, affirme Sid, même s'il n'a pas de plan précis en tête.

Il pose les tasses sur le plateau, qu'il emporte à la cuisine.

— Laisse la vaisselle ! lui crie Elizabeth. Je la ferai tout à l'heure.

— Je m'en occupe ! répond-il.

Il range les tasses dans le compartiment du haut du lave-vaisselle, une tâche familière qui l'apaise.

Quand il retourne au salon pour prendre congé, Elizabeth s'est endormie. Il lui laisse un mot sur une page de son carnet de croquis : « Je rentre chez Phil. À demain ? »

Il signe au moyen d'un tout petit dessin de lui-même en train de traverser le pont sur le vélo de Gauvain.

Crayon bleu pour le pont, vert pour le vélo, rouge pour ses cheveux, jaune pour le soleil.

N'importe quoi !

LES JOURS SUIVANTS, Sid suit le plan qu'ils ont mis en place : il distribue des photos de Gauvain dans les quartiers commerçants, seul ou avec Amie. Le soir, il dessine, regarde la télévision à la maison, pendant que Phil écume les rues en voiture et interroge prostituées, policiers et dealers.

Personne n'a vu Gauvain.

Presque une semaine après son arrivée, Sid se réveille sur la mezzanine, un chat sur sa tête, un autre à ses pieds. Il ouvre les yeux sur un ciel sans nuages. Une journée magnifique s'annonce, la passer en ville lui paraît insupportable. D'autant qu'il aimerait creuser une idée qui lui est venue, et dont il n'a parlé à personne. Mais d'abord, il doit appeler Megan.

Elle décroche dès les premières sonneries, et il lui fait part de l'avancée de ses recherches, puis la rassure : il va bien.

— Tu as une amie à Victoria, non ? questionne-t-il ensuite. Wanda ? Wendy ? Je parle de celle qui a un voilier. Tu sais où est amarré son bateau ?

— C'est Wendy, et si mes souvenirs sont bons, son bateau doit toujours être dans la marina d'Oak Bay. Pourquoi ?

— J'ai envie de lui rendre visite. Comment s'appelle son voilier, déjà ?

— Le *Délirant*. Tu ne devrais pas avoir trop de mal à le repérer. Demande qu'on t'indique la dame un peu loufoque sur son bateau violet ! rit Megan. Dis-lui bonjour de ma part, et prie-la de passer me voir, si jamais elle navigue dans le coin.

— OK. Faut que j'y aille. Je te rappelle ce soir, j'aimerais bien parler à Fariza.

— Tu nous manques beaucoup, Sid.

— Vous aussi, vous me manquez. À plus tard !

Après le petit déjeuner, il dit au revoir à Phil, qui a de la sciure jusqu'aux chevilles, et file à la marina, dont le parking est gardé par l'orque en ciment. Phil lui a expliqué qu'autrefois, un aquarium était implanté juste à côté. Il présentait un spectacle d'orques et de phoques ; ceux-ci prenaient leur douche en public et « discutaient » avec les touristes, qui pouvaient même brosser les dents des orques. Rien que d'y penser, Sid en est malade. Voir ces mammifères marins évoluer dans leur habitat naturel l'émeut aux larmes : leur grâce, leur puissance, leur solidarité le

128

touchent infiniment. S'il n'avait pas été un être humain, il aurait aimé être l'un des leurs. Il grimpe sur le socle de la statue et caresse son flanc rugueux en ciment :

— Porte-moi chance ! murmure-t-il entre ses dents.

Il saute lourdement sur le sol et marche un moment dans le petit parc qui surplombe la marina. Il s'y est déjà arrêté plusieurs fois. Il avance jusqu'à la plage de galets, près de laquelle se trouve une balançoire à bascule, un vieux modèle, où l'on doit s'asseoir l'un en face de l'autre et pousser sur les pieds pour décoller. Sid s'installe au milieu et se penche d'avant en arrière, jusqu'à ce que la balançoire accompagne ses mouvements. Il scrute la marina pour essayer de repérer un bateau violet, mais il est trop loin. En revanche, il voit très bien la petite île, si proche du dernier ponton qu'elle donne l'impression de pouvoir être atteinte en deux enjambées. C'est une illusion d'optique, bien sûr. Elle lui rappelle l'îlot au milieu de la crique, chez lui, où il allait se réfugier quand il voulait être seul. Caleb l'a souvent récupéré là-bas.

Il abandonne la balançoire et traverse le parking. Il arpente méthodiquement chaque ponton du port, à la recherche du *Délirant*. Il aurait pu se rendre au bureau pour se renseigner, mais il apprécie cette promenade sur les débarcadères. Petit, il affirmait que, lorsqu'il serait grand, il serait directeur du port de plaisance. Le titre lui plaisait, ainsi que la perspective de gérer les mouvements des bateaux. Il aimerait savoir si ce métier existe toujours. Il finit par repérer le navire violet, amarré au plus éloigné des pontons. Une dame aux cheveux gris très courts, assise dans le poste de pilotage, astique les garnitures en laiton.

— Wendy ? interroge-t-il.

Elle lève les yeux, ses lunettes demi-lunes motif léopard en équilibre sur son nez.

— Il y a donc encore quelqu'un qui ne me connaît pas dans cette ville ? grogne-t-elle.

Mais son visage rayonne et Sid lui rend son sourire.

— Je m'appelle Sid. Je suis le fils de Megan et Caleb. L'enfant du *Caprice*.

Elle pose son chiffon et se lève.

Petite et forte, elle bondit néanmoins de la cabine avec l'agilité d'une jeune fille.

— Sid ! Mais bien sûr : ces cheveux flamboyants ! J'aurais dû te reconnaître tout de suite. Monte vite à bord ! Le *Caprice* est là ? Raconte-moi tout.

— À vrai dire, je n'ai pas grand-chose à raconter, avoue-t-il, tandis qu'elle frotte une poignée avec son chiffon. Je suis venu seul. En fait, j'aurais besoin de votre aide…

— De mon aide ?

Elle ne lève pas les yeux, mais Sid sait qu'elle l'écoute avec attention. Étonnamment, lui parler de Devi et Gauvain est facile. Lorsqu'il lui montre la photo, elle pousse un petit cri et pose la main sur son énorme poitrine.

— C'est lui, ton frère ? s'écrie-t-elle. Mais il est tout le temps fourré ici ! Il traîne sur les pontons, en essayant de convaincre les plaisanciers de l'emmener sur leurs bateaux.

130

On le chasse tous comme une mouche importune. Depuis combien de temps est-il parti, dis-tu ?

— Ça va faire deux semaines…

— Et tu penses qu'il est peut-être là-bas ?

Elle désigne l'île.

Sid acquiesce :

— À sa place, c'est là où je serais allé. Il n'a eu besoin que d'une barque, qu'il a peut-être empruntée et cachée une fois sur place.

— Et tu veux aller vérifier à Jimmy Chicken si ton idée est la bonne ?

— Où ?

— Les gens d'ici ont baptisé cette île du nom du vieil Indien qui y vivait jadis, Jimmy Chicken.

— Oui, je veux aller voir. Je ne sais pas où chercher, sinon…

— Eh bien, merci de ne pas avoir volé mon youyou !

Elle s'engouffre dans la cabine et revient avec deux barres chocolatées et une canette de soda qu'elle tend à Sid.

— Si ton raisonnement est juste, il doit être affamé. Tu veux que je t'accompagne ?

Elle doit peser près de cent kilos. Il se représente le petit canot, chavirant sous leur poids.

— Je crois que je préfère y aller seul, à condition que ça ne vous dérange pas.

— Je n'y vois pas d'inconvénient. Deux choses, néanmoins : tu mets un gilet de sauvetage et tu en prends un pour Gauvain. S'il vous arrivait quelque chose, Megan me tuerait.

Sid pense que ce n'est pas cher payé, même si les vieux gilets sont encombrants et sentent le moisi.

— Fais bien attention : il faut accoster par la petite plage de la pointe sud, ailleurs, il y a des récifs. Et en cas de problème, appelle-moi. Le téléphone passe très bien là-bas.

Elle sort un stylo de la poche de son pantalon et griffonne un numéro au dos de l'une des barres chocolatées.

— On t'enverra des renforts pour le ramener.

— S'il est bien là-bas…

— Pour en avoir le cœur net, embarque dans ma goélette ! chantonne Wendy.

Elle dénoue les cordages qui amarrent la barque et la stabilise pour permettre à Sid de se glisser à bord.

— Bonne chance ! lui lance-t-elle en le poussant loin du quai.

La mer est calme et Sid est bon rameur, il met moins de dix minutes pour gagner l'île. Il tire son embarcation sur la plage et l'attache à un tronc d'arbre. Des dizaines d'oies jaillissent des rochers, s'envolent, et traversent la baie en poussant des cris, outrées d'avoir été dérangées. Le sol est jonché de fientes, mais il n'y a aucune trace d'un autre bateau. Le littoral est montagneux, bordé de buissons épineux, des ajoncs et de l'aubépine essentiellement. Derrière la petite plage, un sentier contourne la pointe et traverse un minuscule pré, de la taille d'un grand édredon. Sid se dirige vers le centre de l'île, en faisant attention à ne pas marcher dans les déjections d'oiseaux. Il se retourne pour regarder au nord, en direction de chez lui, et trébuche sur ce qu'il pense être un serpent, avant de comprendre qu'il s'agit d'une corde enroulée sur elle-même. Elle est attachée à une barque retournée, recouverte de branches, de façon à former une petite caverne. Sid s'accroupit pour jeter un coup d'œil à l'intérieur… et se retrouve plaqué au sol par un animal sauvage. Est-ce un énorme chien, un loup ou un puma ? La question est ridicule, car son agresseur lance une volée de jurons bien sentis, tout en essayant de le rouer de coups. Plusieurs l'atteignent au dos, avant qu'il ne parvienne à se dérober en roulant sur le côté.

— Dégage ! hurle l'homme en lançant ses poings vers sa tête.

Du coin de l'œil, Sid aperçoit une main et un bras noirs.

— Gauvain ! crie-t-il. Arrête, Gauvain !

Les gifles se calment un peu et Sid en profite pour se retourner.

— Comment tu connais mon nom ? gronde Gauvain. T'es qui, bordel ? Qu'est-ce que tu me veux ?

Il s'éloigne de Sid en titubant et s'écroule sur une pierre recouverte de lichen. Sa poitrine se soulève à un rythme saccadé. Il est bien plus grand que Sid, mais son corps semble doux, presque mou, et il transpire abondamment. Qu'il soit parvenu à lui porter des coups en est presque étonnant.

— Tu veux manger quelque chose ? demande Sid. J'ai du chocolat et du Coca.

Il a appris, en observant Megan, que ce qui marchait le mieux pour amadouer un enfant triste, en colère ou renfermé, c'était de lui proposer d'abord de se restaurer. La faim et la soif sont deux démons faciles à dompter.

Gauvain lui lance un regard soupçonneux, mais prend la nourriture qu'il lui tend. Ils restent silencieux pendant que Gauvain, toujours essoufflé, mange et sirote son soda. Quand il a terminé, il jette les emballages dans les buissons. Sid décide de ne pas jouer au gendarme. Il les ramassera plus tard.

— T'es qui, bordel ? répète le garçon.

Sid se racle la gorge. Maintenant qu'il est au pied du mur, il a envie de mentir, de prétendre qu'il est le neveu de Phil. Mais il prend une profonde inspiration et se jette à l'eau :

— Je m'appelle Sid, et je suis, hum… ton frère. Demi-frère, en fait.

— Arrête tes conneries ! lâche Gauvain, furieux. Si j'avais un frère, ma mère me l'aurait dit !

Sid hausse les sourcils :

— Tu es sûr de ça ?

Gauvain écarquille les yeux, puis il se détourne.

— Elle est revenue ?

Sid secoue la tête.

— Mais j'ai fait la connaissance d'Elizabeth. Elle se ronge d'inquiétude pour toi. Phil aussi d'ailleurs.

134

— Pourquoi c'est toi qui es là alors, et pas eux ? Je te connais même pas !

— Je te fais remarquer que moi non plus, je ne te connais pas, ça fait un point partout ! J'ai voulu leur donner un coup de main. Phil remue ciel et terre pour te retrouver, et Elizabeth est âgée. Je ne leur ai pas dit que je venais ici aujourd'hui. Fais ce que tu veux, moi, de toute façon, je vais rentrer chez moi. Mais avant de partir, je voulais m'assurer que tu allais bien.

— J'ai pas besoin de ton aide, bougonne Gauvain.

Pourtant, Sid voit bien que ses vêtements sont sales et qu'il ne parvient pas à maîtriser ses tremblements.

— Et je ne crois toujours pas que t'es mon frère ! Tu nous as regardés ?

Sid hausse les épaules :

— On a souvent des surprises avec la génétique. Tu n'auras qu'à interroger ta mère quand elle reviendra. Mais tu ne peux pas rester ici éternellement. Tu vas manquer de nourriture. Et franchement, une douche ne serait pas du luxe !

Gauvain lève un bras, sent son aisselle, et recule la tête d'un air exagérément dégoûté qui fait éclater de rire Sid.

— Elizabeth m'avait prévenu que tu avais le sens de l'humour !

— C'est vrai ?

— Oui. Elle m'a beaucoup parlé de toi. Elle m'a dit que tu étais intelligent. Courageux aussi.

Gauvain baisse la tête. Des brins d'herbe et de paille sont emmêlés dans ses petites boucles serrées. Sid se lève et regarde le sommet enneigé au loin. Il n'en est pas sûr, mais il lui semble que Gauvain pleure.

— Comment s'appelle cette montagne ? demande-t-il.

— Le mont Baker, répond le garçon d'une voix enrouée.

— Tu y es déjà allé ?

Il renifle :

— J'ai une tête à faire du ski ? Ça coûte une blinde. Et la station n'est même pas au Canada. Il faut un passeport…

— Je vois. Bon, tu rentres avec moi ?

— Maintenant ?

Il se lève d'un bond et recule, comme s'il redoutait que Sid lui saute dessus.

— Oui, maintenant. J'ai emprunté une barque, je dois la rendre.

— J'ai volé la mienne. Emprunter, c'est pour les lopettes !

— Eh bien, dans ce cas, je suis une lopette qui va la rapporter à son propriétaire. Ensuite, il faut que je prévienne un certain nombre de gens que je t'ai retrouvé : Enid, Amie, Phil, Elizabeth. Donc, tu as le choix : soit tu viens avec moi, et on rame ensemble jusqu'au port, soit la police vient te chercher.

— Les flics, c'est des enfoirés ! crache Gauvain. Tu connais Enid ?

— Oui. Elle se fait un sang d'encre pour toi.

Il exagère. Mais Enid ne lui en voudrait pas, c'est sûr.

136

— Elle prépare une pièce de théâtre et elle a raté plusieurs répétitions pour te chercher.

— Vraiment ?

Sid acquiesce.

— Qu'est-ce que tu as là-dessous ?

Il se dirige vers le canot et le retourne, découvrant un sac de couchage sale et un oreiller, ainsi que de l'eau en bouteille et une boîte de biscuits apéritif.

— C'est avec ça que tu te nourris ?

— Ouais…

Gauvain jette le tout dans le canot.

— Le pire, c'est chier dans l'eau. T'es obligé de te baisser et tu te gèles les…

— Je vois ! coupe Sid.

Il ramasse les emballages lancés dans le buisson, puis, avec l'aide de Gauvain, transporte la barque jusqu'à la petite plage.

Gauvain pouffe en voyant l'embarcation violette de Sid :

— T'as pris le bateau de Wendy-la-Zarbi ?

— C'est une amie de ma mère. Elle est sympa : elle me l'a prêté sans se faire prier.

L'adolescent plisse le front :

— Ta mère ?

— Megan. La femme qui m'a élevé. C'est elle, ma mère.

Gauvain met son canot à l'eau, embarque, et lance :

— On fait la course, lopette ?

Sid se rue sur sa barque pour tenter de rattraper son retard. Même si son frère est en tête, il est plus léger et plus puissant que lui, et atteint le *Délirant* avec une avance d'une ou deux minutes. Aucun des deux rameurs n'a enfilé de gilet de sauvetage.

— Mission accomplie, à ce que je vois, s'exclame Wendy en voyant Gauvain approcher. M. Manning va être heureux de récupérer son youyou. Prenez mon tuyau d'arrosage pour le rincer.

— Vous allez me dénoncer ? interroge Gauvain après qu'ils ont vidé et nettoyé au jet le canot sur le quai.

— À ton avis, je devrais ?

Le garçon fixe ses chaussures.

— Ne recommence pas, soupire Wendy. Si tu as besoin d'emprunter un bateau, viens m'en parler avant. Compris ?

Gauvain hoche la tête.

Ils portent le canot jusqu'au ponton où est amarré le *Hither et Yon* auquel il appartient, et dont les propriétaires sont heureusement absents.

Ils rentrent ensemble ; Sid porte l'oreiller et Gauvain le sac de couchage roulé en boule. Plus ils approchent de la maison, plus l'adolescent ralentit le pas. Ils avancent si lentement qu'une vieille dame, en déambulateur, les double en marmonnant :

— Les jeunes d'aujourd'hui, je vous jure !

— Comment tu as su où j'étais ? demande Gauvain.

— Pure chance ! À chaque fois que je prenais le vélo pour te chercher, je me retrouvais aux alentours de cette marina. Cette île me rappelle un endroit que j'aime. Je me suis dit que si vraiment tu ne voulais pas qu'on te retrouve, tu avais dû choisir un lieu où personne ne risquait de te voir. En tout cas, c'est ce que j'aurais fait.

— Tu t'es servi de mon vélo ?

Gauvain n'a pas l'air fâché, simplement curieux.

— Oui. Mais ne t'inquiète pas, je l'ai toujours bien attaché. C'est un super vélo avec un super nom !

— Tu le connais, le Chevalier vert ?

— Bien sûr. Et la légende de sire Gauvain aussi !

— Tu t'appelles comment ?

— Je te l'ai dit. Sid.

— Impossible. C'est beaucoup trop banal pour Devi. C'est quoi ton vrai prénom ?

Sid éclate de rire :

— *Outroupistache*, ça te dit quelque chose ?

— Hein ? Sid, c'est le diminutif d'Outroupistache ? N'importe quoi ! Personne ne ferait ça à un gosse, même Devi !

Il s'interrompt et considère Sid avec pitié.

— Je trouvais mon prénom nul, mais alors là, condoléances, mec…

Il secoue la tête :

— Le tien est pire.

— Mais non, je ne m'appelle pas Outroupistache ! C'est un conte de fées dans lequel une reine a trois jours pour deviner le prénom d'un nain. Peut-être que je devrais te laisser deviner le mien ?

— Et moi, peut-être que je devrais te faire passer l'envie de te foutre de moi en t'en mettant encore une bonne ? rétorque Gauvain en frappant l'épaule de Sid.

— Comment ça, encore ? lance Sid en dansant pour éviter ses poings. Je te dis comment je m'appelle à une condition.

— Laquelle ?

— Que tu arrêtes de me donner des coups !

Gauvain hausse les épaules et se remet à marcher tranquillement.

— OK. Si ça peut te faire plaisir.

Ils bifurquent dans l'allée où se trouve la maison de Devi.

— Je m'appelle Siddhartha. Siddhartha Eikenboom. Siddhartha, comme Bouddha.

Il joint les mains et s'incline profondément :

— *Namaskar*, petit frère !

— Ta mère ! lâche Gauvain.

Pas trop, non

— JE L'AI RETROUVÉ !

Sid est sous la couette, sur la mezzanine. Il parle à Megan. Il a laissé des messages à Enid et Amie, qui sont probablement au théâtre. Phil et Gauvain discutent dans la maison de Devi, ils attendent Elizabeth. Sid a préféré s'éclipser ; il s'est dit que cette réunion familiale n'était pas la sienne, et puis il est épuisé. Ils ont parlé de dîner au restaurant pour fêter le retour de Gauvain, mais il n'est pas sûr de les accompagner.

Il raconte à Megan qu'il a eu l'idée d'aller sur l'île, lui explique qu'il a emprunté la barque de Wendy, et que Gauvain l'a accueilli en lui martelant le dos de ses poings.

— Mais tu es un vrai héros, mon grand ! s'écrie-t-elle.

Sid hausse les épaules, avant de réaliser que Megan ne peut pas le voir.

— Comment as-tu su qu'il s'était réfugié là-bas ?

— J'ai eu de la chance ! Personne ne l'avait vu en ville, du moins pas récemment, alors je me suis posé la question : où serais-je allé à sa place ? Et j'ai pensé à cette île, si proche, et qui ressemble à celle au milieu de la crique, chez nous.

— Comment est-il ?

Sid ne sait que répondre, alors il dit la première chose qui lui vient à l'esprit :

— Noir. Vraiment. Noir d'encre. Mais c'est très étrange, car on a les mêmes yeux. À part ça, je défie quiconque de deviner qu'on a un patrimoine génétique commun. Il est grand, plus que moi, un peu enrobé aussi, mais costaud. Enfin, il me semble, car il était très affaibli quand je l'ai surpris. Ça ne l'a pas empêché de m'envoyer de bons coups. Non, ne t'inquiète pas ! s'empresse-t-il d'ajouter. Je ne me suis pas battu, ni rien. Je me suis contenté de lui crier d'arrêter et il a obéi ! J'ai eu de la chance !

Megan rit et Sid regrette amèrement de ne pas être assis avec elle, à la table de la cuisine, plutôt que seul sur cette mezzanine, où il s'est réfugié pour fuir sa nouvelle famille.

— Veux-tu que je vienne te chercher ? propose Megan.

Sid réfléchit une minute avant de répondre. Il n'est pas sûr d'aimer Gauvain, mais il sent qu'il serait injuste de porter un jugement hâtif. Elizabeth, elle, il l'aime bien. Il devrait peut-être rester quelques jours de plus, pour passer du temps avec elle ? Oui, mais si Devi revient entretemps ? En dépit de la chaleur qui règne dans la pièce, Sid frissonne sous la couette.

— Je prendrai le bus pour rentrer, tranche-t-il. J'ai assez d'argent. Je pense que je vais rester encore un peu. Tu n'y vois pas d'inconvénient ?

Quelques secondes de silence s'égrènent avant que Megan ne réponde. Sid se demande si elle va lui demander de rentrer tout de suite, de ne pas s'impliquer davantage. Mais même si elle le souhaite, elle ne le dit pas.

— Aucun inconvénient. Ils font partie de la famille.

— Non, ils ne font pas partie de la famille.

— Si, mon grand. Une famille différente de celle à laquelle tu es habitué. Il va te falloir un moment pour accepter cette idée, et nous aussi, d'ailleurs. Laissons faire le temps.

— Tu n'as pas envie que je rentre ?

Les mots sont sortis avant qu'il n'ait eu le temps de les arrêter, même si, une minute plus tôt, il redoutait que Megan s'oppose à ce qu'il reste. Il déteste ce qu'il ressent en ce moment. Ses émotions sont en dents de scie, comme certains outils de Phil, des outils affûtés et dangereux, très utiles... à condition de savoir s'en servir.

Elle rit :

— Ne sois pas ridicule, Sid. On meurt d'envie que tu rentres, bien au contraire ! C'est chez toi, ici. Mais si tu veux passer encore un peu de temps à Victoria, on le comprend aussi.

— Dans ce cas, je partirai probablement d'ici quarante-huit heures. Comment va Fariza ?

— Bien ! Chloé est là tous les jours. Elles jouent à l'esthéticienne, mais Chloé utilise l'expression « thérapeute bien-être ». Elles se sont appliqué des enveloppements aux algues, c'était trop drôle ! Et odorant ! Apparemment, la prochaine étape sera le massage aux pierres chaudes. Caleb et moi, on jouera les clients tests. Il a adoré le masque de boue purifiant ! Chloé parle de faire imprimer des cartes de visite professionnelles, tu vois le topo ?

Sid ressent un pincement qui s'apparente à de la jalousie. Non qu'il ait envie d'un enveloppement aux algues : il ne sait même pas de quoi il s'agit ! S'il était à la maison, il fuirait tous ces pseudo-soins aux cailloux brûlants et à la gadoue ! Ce qu'il craint, c'est que Chloé le remplace dans le cœur de Fariza. Même si ce n'est pas très noble, c'est ça, la vérité.

Comme s'il avait parlé tout haut, Megan le rassure :

— Ne t'inquiète pas, Fariza consacre plusieurs heures par jour à écrire dans son carnet de croquis. Elle ne t'a pas oublié…

— Comment tu le sais ?

— À chaque ferry qu'elle voit entrer dans le port, elle se précipite et scrute les piétons qui en descendent. Quand elle comprend que tu n'es pas parmi eux, elle attrape son Fred et s'enferme dans sa chambre. Même lorsque Chloé est là, elles font des « pauses ferry ». On a beau lui répéter que tu vas revenir bientôt, qu'on saura sur quel bateau tu auras embarqué, qu'on ira t'attendre à quai, elle est inquiète, on le sent.

144

— Elle est là ? demande Sid. Je peux lui parler ?

— Ne quitte pas, je vais la chercher.

Sid s'allonge sur le dos et, en attendant que Fariza arrive, suit des yeux un hélicoptère qui passe au-dessus du Velux. Il entend Megan qui essaie d'amadouer la petite fille pour qu'elle prenne le téléphone. Lorsqu'il lui semble l'entendre respirer dans le combiné, il se lance :

— Salut, Fariza, c'est moi, Sid. Comment va ce vieux Fred ? Megan me dit que tu écris tous les jours et que vous avez ouvert un institut de beauté, Chloé et toi ? C'est super cool ! À mon retour, j'espère bien que tu me mettras du vernis à ongles sur les doigts de pied !

Fariza pouffe dans le téléphone. Sid continue :

— Tu sais, j'ai retrouvé mon frère sur une île et je l'ai ramené à la maison. J'ai rencontré ma grand-mère aussi. Elle s'appelle Elizabeth, il se peut que tu l'aies déjà vue à la télé. Elle te plairait, j'en suis sûr. Moi, je l'aime beaucoup. Peut-être qu'elle viendra nous voir. Tu pourras l'envelopper dans des algues. Je vais revenir bientôt, je te le promets...

Il entend des pas en dessous. La voix de Phil monte jusqu'à la mezzanine :

— Tu es réveillé, l'ami ?

— Une seconde, Fariza, lance Sid. Je descends dans une minute, Phil, je suis au téléphone !

— J'ai laissé Elizabeth et Gauvain en tête à tête, explique Phil. On va dîner dehors, ça ira pour toi ?

Sid hésite. Il entend Fariza qui rend le téléphone à Megan.

— Tu es toujours là, Sid ? interroge celle-ci.

— Oui, oui. Mais je dois y aller. Je t'appelle bientôt, OK ?

Il referme le clapet de son téléphone, lui laissant à peine le temps de lui dire au revoir. Il est un peu honteux de mettre fin à la conversation aussi brutalement, mais il a hâte de retrouver Elizabeth. Il espère que Megan ne lui en voudra pas. S'il veut être présentable au dîner, il doit prendre une douche. Il se sent poussiéreux et en sueur après son excursion sur l'île, sans compter l'heure passée sous la couette dans la chaleur de la fin de journée. Il sort des vêtements propres de son sac à dos et descend.

Phil est en train de faire la vaisselle.

— J'ai le temps de prendre une douche ?

— Oui. Mais fais vite.

Il disparaît dans la salle d'eau où les monstres marins veillent. Il passe une main savonneuse sur le carrelage ; les créatures semblent onduler, vivantes, mais inoffensives.

Sid n'a jamais vu quelqu'un se tenir aussi mal à table que Gauvain. Et pourtant, c'est lui qui a choisi le restaurant. Celui-ci fait partie d'une chaîne à la mode, fréquentée par des jeunes hommes aux cheveux soignés, portant des jeans de marque, et des filles en minijupes ultra-courtes et petits hauts au décolleté plongeant. Les serveurs et serveuses affichent le même look séduisant, et la nourriture est étonnamment bonne. Lorsque son plat arrive, Gauvain l'attaque avec une rage qui retourne l'estomac de Sid. Son frère s'est restauré depuis leur retour de l'île, il en est sûr, et pourtant il se jette sur son dîner comme un animal sauvage, tête baissée, bras autour de l'assiette pour la protéger. Mais de quels prédateurs ?

« Peut-être qu'après plusieurs jours sans manger, moi aussi je me comporterais de cette manière. Mais franchement, il est répugnant ! » pense Sid. Des morceaux de viande retombent de la bouche de Gauvain. Sid jette un regard à Elizabeth, qui hausse les sourcils et pose la main sur le coude de l'adolescent :

— Doucement, mon chéri. Nous ne faisons pas la course.

Gauvain lève les yeux et rétorque :

— On en reparlera quand t'auras bouffé des biscuits apéro pendant une semaine, d'accord ?

Sid a envie de jeter l'assiette de Gauvain par terre, de le forcer à s'excuser, mais il sait qu'il ne le fera pas. D'une part, il est trop fatigué pour l'affronter, de l'autre, il n'est pas chargé de l'éduquer. Pourtant, il sait comment Caleb procéderait : il lui retirerait son plat et le sortirait de force du restaurant. Phil et Elizabeth échangent un regard. Elizabeth secoue légèrement la tête, comme pour dire : « Pas ce soir, s'il te plaît. » Phil se penche sur ses pâtes, Elizabeth picore sa salade, tandis que Sid avale péniblement une bouchée de son hamburger au flétan. Il est délicieux, mais il n'a plus faim.

— Tu ne finis pas ? demande Gauvain.

— Non.

— Je peux ?

— Vas-y.

Il pousse l'assiette vers son frère qui ingurgite le hamburger presque sans le mâcher. Lorsqu'il a terminé, il rote bruyamment et sourit, un reste de salade coincé entre les dents.

Phil se lève, dépose une liasse de billets sur la table, et aide Elizabeth à se redresser. Une dame d'une cinquantaine d'années fronce les sourcils lorsque Gauvain passe près d'elle.

— Tu veux ma photo ? lâche celui-ci en la fusillant du regard.

— Il va vraiment falloir que tu te calmes, grince Phil, alors qu'ils rejoignent la voiture.

Sid renifle. Aussitôt son frère se retourne :

— T'as un problème, lopette ?

Il effleure d'un doigt gras les cheveux bouclés de Sid.

— Ça suffit, Gauvain, intime Elizabeth d'une voix tranchante, mais calme.

Elle glisse son bras sous celui de Sid et ils marchent en silence, tandis que Gauvain court devant eux, en frappant de la paume chaque horodateur devant lequel il passe. Cela doit lui faire mal, mais il continue quand même. Lorsqu'ils le rejoignent, il est assis en tailleur sur le capot de la voiture d'Elizabeth, les écouteurs de son iPod vissés sur les oreilles. Il chante un tube de Kanye West.

Sid déteste Kanye West.

Personne ne parle pendant le trajet du retour. Gauvain reste branché à son iPod, Elizabeth ferme les yeux et appuie sa tête contre la vitre, Phil conduit, lèvres serrées. Un muscle de sa mâchoire tressaute à intervalles réguliers. Arrivés à la maison, Elizabeth s'installe au volant tandis que Gauvain disparaît dans la maison sans un regard pour eux. Phil se penche et embrasse Elizabeth sur la joue. Sid s'accroupit pour caresser les chats qui accourent comme à chaque fois qu'une voiture se gare dans l'allée.

— Je suis désolé, soupire Phil. Je n'aurais pas dû proposer cette sortie.

— Ce n'est pas ta faute, répond Elizabeth. C'est dur pour Gauvain, ces gens qui entrent et sortent de sa vie : Devi qui disparaît, Sid qui arrive…

Elle se tourne vers Sid.

— En aucun cas je ne veux dire que tu n'aurais pas dû venir, trésor, mais la situation est déroutante. Pour chacun de nous.

Sid opine de la tête, se relève et frotte ses mains pour les débarrasser des poils de chat. Il ne peut pas les câliner trop longtemps, ses yeux le démangent aussitôt.

« Merci, Devi… », grince-t-il en son for intérieur.

— Ce n'est pas une excuse pour être mal élevé, assène Phil.

— Ah, si ! proteste Elizabeth.

Phil secoue la tête.

— Bon, peut-être pas une excuse, concède la vieille dame. Mais une raison, une bonne raison.

— Je ne sais pas. Je ne supporte pas quand il se comporte comme si on ne lui avait jamais appris les bonnes manières. Bon sang, on dirait qu'il a été élevé dans la zone !

Il se redresse et frappe le toit de la voiture, suffisamment fort pour déformer la carrosserie.

— Bonne soirée, marmonne-t-il, avant de tourner les talons et de rentrer chez Devi.

Sid est content de dormir au garage. Il n'a aucune envie de rester près de Gauvain ce soir, même si celui-ci lui fait un peu de peine. Phil est très énervé et Sid doute qu'il lui prépare un chocolat chaud et lui lise une histoire avant de dormir. L'ambiance risque d'être électrique chez Devi.

— Tu viens déjeuner, demain ? propose Elizabeth.

Il sourit :

— Avec plaisir.

— Il n'est pas rentré de la nuit.

Phil est en bas, au téléphone. Il est tôt, le jour est à peine levé. À travers le Velux, Sid aperçoit quelques étoiles qui brillent encore dans le ciel. Phil doit s'entretenir avec Elizabeth, toujours matinale.

— J'appelle la police, annonce-t-il. De qui se moque-t-il ? Il est revenu depuis à peine trois jours, et il recommence déjà ? Oui, oui, je sais, il est malheureux, mais il n'est pas le seul !

Une pause, puis il soupire :

— Très bien, je lui laisse la journée, mais s'il n'est pas à la maison demain matin, je préviens la police et les services sociaux. On est incapables de le gérer quand il est comme ça. C'est trop dur. Pour toi, Elizabeth, comme pour moi. Ce gamin a des problèmes, il a besoin d'être aidé, plus sérieusement que nous ne le faisons. Tu le sais.

Il raccroche, en lui promettant de la prévenir si Gauvain réapparaissait.

« Un coup de fil aux services sociaux, et c'est le placement direct en famille d'accueil », pense Sid. En dépit de ce que prétendent Phil et Elizabeth au sujet de Devi, est-ce qu'une mère abandonne ses fils – Sid d'abord, et maintenant Gauvain – pour laisser à d'autres le soin de les élever ? Peu importe qu'elle soit malade, ou qu'elle ait de bonnes raisons d'arrêter son traitement, Gauvain et lui méritaient mieux que ça. Sid est bien tombé : Megan et Caleb étaient heureux de le prendre chez eux. Beaucoup n'ont pas cette chance, il le sait. Il en connaît, des histoires horribles de familles qui ne s'engagent que pour l'argent, et qui maltraitent les enfants placés chez eux. Est-ce l'une d'elles qui accueillera Gauvain ?

Sid s'assied. Son carnet de croquis est par terre, à côté du lit. Depuis qu'il a ramené Gauvain, Elizabeth lui a fait découvrir un quartier différent chaque jour. Sid a dessiné jusqu'à ce que sa main en ait des crampes et que ses paupières tressautent de fatigue. Des tables en osier dressées pour le thé dans un jardin luxuriant en bord de mer. Un poste de guet carré en béton, datant de la Seconde Guerre mondiale et desservi par un escalier branlant en bois. Des canoës pilotés par des Amérindiens glissant sur une eau miroitante au soleil couchant, une plage de galets. Des enfants en train d'escalader un monstre marin vert et une pieuvre rouge géante. Il a fait le portrait d'Elizabeth assise sur la queue du monstre, les cheveux ébouriffés par le vent de la mer. Il n'a pas accordé une seule pensée à Billy depuis des jours. Il a presque honte lorsqu'il se rappelle les heures interminables – presque une vie – consacrées à dessiner les personnages irréels d'un monde imaginaire, alors qu'il avait tant de sujets sous les yeux. Tout à coup, il revoit Megan dans son jardin, désherbant les parterres de dahlias, ramassant des haricots sur leurs rames, installant des tuteurs sur les plants de tomates. Pourquoi ne l'a-t-il jamais dessinée ? Ni Caleb sur le *Caprice*, ni Chloé au lac, ni Tobin et sa guitare ? Il a le mal du pays, un mal soudain et violent. Il doit rentrer à la maison. Mais il ne peut pas abandonner Gauvain. La solution s'impose à lui : il va emmener son frère sur son île.

Il se lève, enfile un short, emprunte l'échelle pour descendre. L'eau coule dans la douche tandis qu'il se prépare des tartines et un jus de fruits. Il est assis à table, le nez dans un magazine de menuiserie appartenant à Phil, lorsque celui-ci sort de la salle d'eau, les hanches recouvertes d'une serviette bleue râpée :

— Bonjour, l'ami ! Tu t'es levé de bonne heure ce matin !

— Je rentre chez moi dès que Gauvain sera revenu.

— OK.

— Je pense qu'il a passé la nuit chez un ami, ou une connaissance quelconque. Il a dû s'endormir sur place.

— C'est possible.

Phil mesure au jugé une dose de café moulu qu'il verse dans la carafe en verre d'une cafetière à piston. Sid adore l'arôme du café, même s'il en déteste le goût. Petit, dès que Megan s'en versait une tasse, il approchait son nez et soupirait :

— Je voudrais boire cette odeur !

L'expression est restée. Ils l'emploient dès qu'ils sentent un parfum particulièrement délicieux, comme celui du lilas, des petits gâteaux à la cannelle, de la sciure fraîche, ou du bébé de Marly, leur voisine (lorsqu'il a une couche propre !).

Sid se lève et rapporte son verre et son assiette dans la cuisine. Le dos tourné, il lance :

— Je crois que Gauvain devrait venir avec moi et rester jusqu'à la rentrée. Megan et Caleb seront d'accord. Ils ont de la place : en ce moment, il n'y a qu'un seul enfant à la maison, à part moi. Megan dit que Gauvain fait partie de la famille, et qu'entre membres d'une même famille, il faut...

Et si elle avait tort ? Peut-être est-ce une folie ? Sid imagine Gauvain en train de tordre le long cou de Fred, le flamant rose. Il entend les pleurs de Fariza...

— Il faut quoi ? interroge Phil.

— S'entraider. Enfin, il me semble. Quand on peut. Si Gauvain m'accompagne, cela soulagera Elizabeth, non ? Et peut-être que ça l'aidera, lui. Ça ne pourra pas lui faire de mal, en tout cas.

Phil enfonce le piston dans la cafetière.

— Gauvain est très perturbé, tu sais…

— Oui, j'ai vu. Si ça ne marche pas, on t'appellera, et tu viendras le chercher.

Mais Sid regrette déjà sa proposition.

Phil se sert une tasse de café et s'assied à table. Il a l'air fatigué. Il n'avait pas les yeux aussi cernés quand Sid l'a rencontré.

— Voyons ce qu'Elizabeth en pense, décide-t-il. Et tes parents aussi. Ils n'ont peut-être pas envie de s'occuper d'un nouveau délinquant.

Sid rit :

— Megan adore les défis !

— Gauvain en est un, c'est sûr. Un sacré, même ! Appelle-la, moi je me charge d'Elizabeth. S'il revient, il faut qu'on soit prêts. Je ne veux pas lui laisser la possibilité de nous fausser compagnie encore une fois.

— Quand il reviendra. Pas « s'il revient », corrige Sid, qui se sèche les doigts avant d'attraper son téléphone.

Phil soupire :

— Ah, ces jeunes et leur éternel optimisme…

Bienvenue au club

— Tu veux faire un tour chez Devi ? propose Phil à Sid.

Ils sont assis dans le jardin envahi par la végétation. L'après-midi est déjà bien avancée et Gauvain n'a toujours pas donné signe de vie. Sid a passé la matinée à dormir et dessiner, tandis que Phil maniait la scie et le rabot dans son atelier. En guise de déjeuner, ils ont grignoté du fromage tartiné sur un bagel rassis, puis une pêche flétrie, le tout arrosé d'un verre d'eau du robinet. Sid hésite à offrir de faire des courses, ou de tondre la pelouse.

— Chez Devi ? répète-t-il.

Il n'est pas sûr de comprendre. Quel intérêt y a-t-il à visiter la maison de quelqu'un dont on ne veut rien savoir, et que l'on ne veut surtout pas rencontrer ? Que pourrait lui apprendre son intérieur ? Que Devi aime les couleurs vives et les romans de vampires ? Qu'elle n'attache pas d'importance à la vaisselle dépareillée ?

— Oui. Je peux te montrer son atelier, précise Phil. Je me disais que, peut-être, tu aimerais voir son travail.

Sid lève les yeux sur la façade de la maison. Les fenêtres de l'atelier occupent le rez-de-chaussée, à l'arrière. Au nord. L'exposition idéale. Malgré lui, il est curieux. Et un peu stressé aussi. Depuis qu'il est arrivé ici, il se demande s'il a hérité des dons artistiques de sa mère. Et de sa folie aussi. Peut-être cela forme-t-il un lot ? Il frissonne.

— OK.

« Devi est une étrangère, songe-t-il. Une étrangère, à laquelle je suis lié par une boucle d'ADN. Autant y aller. »

Lorsqu'il traverse la véranda, il remarque que le vélo de Gauvain a disparu. Il n'est pas sûr que ce soit bon signe. Cela veut sûrement dire que son frère n'est pas retourné sur l'île de Jimmy Chicken, mais à part ça, on ne peut pas en déduire grand-chose. Peut-être que Gauvain l'a vendu à un passant pour s'acheter un billet et sauter dans un bus vers une destination inconnue ? Il fait plus âgé que ses treize ans. Quelqu'un arrêterait-il un gamin qui part en vacances chez sa grand-mère dans l'Alberta ou l'Ontario ? Sauf que sa grand-mère est ici. Même pour un esprit aussi révolté que celui de Gauvain, ça doit compter.

La porte de derrière n'est pas fermée à clé. Phil l'ouvre et le fait entrer dans l'atelier.

156

— Je pense qu'elle n'est pas venue ici depuis long-temps, soupire-t-il. Avant, elle avait toujours une œuvre ou deux en chantier.

Sid regarde autour de lui. Tout est recouvert de poussière : la longue table de travail en bois, les outils de carreleur, les pots de coquillages, de cailloux, de verre dépoli, l'énorme panneau de liège recouvert de croquis jaunis et racornis. Les fenêtres sont si sales qu'elles sont devenues presque opaques et laissent filtrer une lumière sépia, comme celle d'une vieille photo. Sid s'approche du panneau et observe les dessins, qui semblent avoir été peints à l'encre de Chine. Le trait est affirmé, presque sauvage. L'artiste, Devi, a même déchiré le papier à certains endroits en appuyant trop fort sur la plume. Il soulève le croquis pour voir celui du dessous, et ainsi de suite. Tous représentent des corneilles : en train de voler, posées sur des arbres, des lignes électriques ou des palissades, se disputant des ordures, mortes sur la chaussée, surgissant d'une tarte, fonçant en piqué sur une petite femme aux boucles grises. « Un autoportrait », pense Sid. Une autre version montre le même personnage, allongé par terre, cette fois. Des corneilles picorent ses yeux, du sang macule le sol. La femme sourit. En haut, une phrase indique : « Les corneilles m'ont tuée. »

L'estomac de Sid se soulève. Il détourne les yeux, après avoir eu le temps d'apercevoir, en haut du tableau, une feuille de papier à lettres au monogramme E. E. – les initiales en relief et dorées à l'or fin d'Elizabeth Eikenboom –,

157

marquée d'une phrase écrite en lettres droites et angu-
leuses. « *Tout ce qui te tombe sous la main, arrange-le.* »
Virginia Woolf.

— Elle s'en est inspirée lorsqu'elle a créé l'une de ses
œuvres les plus réussies.

Sid sursaute au son de la voix de Phil. Il avait oublié
qu'il était dans la pièce. Il s'éloigne et se dirige vers la
table de travail. Il ne veut plus penser aux corneilles, mais
il ne peut s'empêcher de remarquer qu'il y en a deux dans
le pommier, devant la fenêtre. Elles ne se battent pas, et
ne picorent pas non plus de globes oculaires. Elles sont
posées et réfléchissent probablement au meilleur moyen
de dominer le monde.

— Sympa, cette citation, commente Sid.

— Elle a fabriqué le tableau avec des pierres de la rivière
Cowichan. Il pèse une tonne. Je l'ai encadré avec du bois
de cèdre et je l'ai aidée à l'accrocher au-dessus de son lit.
Elizabeth lui a fait remarquer qu'en cas de tremblement
de terre, il la tuerait. Devi a éclaté de rire et a répondu :
« C'est le but, maman ! »

— Des cailloux d'une rivière ? s'étonne Sid. C'est
comme ça que Virginia Woolf s'est suicidée, non ? En se
jetant à l'eau après avoir rempli ses poches de pierres ?

Phil hoche la tête :

— Tu connais Virginia Woolf ? Tu m'impressionnes.

Sid hausse les épaules.

— Pendant un temps, le groupe de lecture de Megan
a fait une fixette sur les artistes intellectuels anglais du

158

début du XXe siècle. Et comme j'ai l'habitude d'écouter aux portes…

— Tu me fais rire, Sid. Devi est comme toi, elle pratique l'humour grinçant.

— Je n'en doute pas une seconde !

Sid se retient d'ajouter que le sens de l'humour n'est pas héréditaire. Néanmoins, il doit reconnaître qu'il comprend ce que Devi a voulu dire en accrochant le tableau au-dessus de son lit : se faire tuer par son œuvre, c'est assez comique.

— Maintenant, elle travaille surtout sur commande. Elle fait des plaques funéraires. Pour le jardin.

— Des plaques funéraires ?

Sid a du mal à s'imaginer à quoi elles peuvent ressembler. Qui pourrait avoir envie d'installer une plaque funéraire en mosaïque dans son jardin ? En même temps, certaines personnes gardent leurs défunts dans des urnes décoratives sur la cheminée. Dès qu'on touche à la mort, tout est possible.

Phil sort un classeur noir d'une étagère, le pose sur la table, et l'ouvre. Sid se penche sur une page de photos de dalles en mosaïque, d'une soixantaine de centimètres de côté. Toutes portent le nom du défunt, ainsi que les dates de sa naissance et de sa mort, sur des images composées à l'aide de cailloux, de verre dépoli, de coquillages et d'éclats de verre, rehaussés d'une touche d'or et d'argent. Les sujets sont variés – roses trémières pourpres, bateau à la voile rouille, chien noir avec un bandana noué autour du cou, vieil arbre, pick-up vert cabossé, bicyclette rose à roulettes, les illustrations sont raffinées et riches en détails.

— Elles sont conçues pour être installées dehors, où elles reflètent la lumière, reprend Phil. Elles résistent à la pluie et à la neige, mais on ne peut pas marcher dessus. Elles sont trop fragiles. Certains enterrent l'urne dessous. Devi disait toujours qu'elle aurait aimé qu'on lui permette de mélanger les cendres du défunt au ciment de la mosaïque. Elle ne l'a fait qu'une seule fois, avec celles de son père.

Il soupire.

— Elle s'impliquait beaucoup trop. Je l'ai mise en garde : ce n'était pas sain de passer des heures à interroger les gens sur leur disparu, à regarder de vieilles photos, des vidéos, en quête de l'image parfaite. Parfois, lorsqu'il s'agissait d'un enfant, elle pouvait passer des journées entières enfermée ici. Sans manger, ni dormir. Elle voulait la perfection. Et elle l'obtenait. Elle a – enfin elle avait plutôt – davantage de commandes qu'elle ne pouvait en assumer. Il a fallu que j'appelle tous ses clients. Même avant de partir, elle ne travaillait plus.

Sid referme le classeur. Il a l'impression d'étouffer. La poussière sûrement, ou bien Devi et ses fantômes. Il s'empresse de sortir de la maison, file au garage, grimpe l'échelle souple et se jette à plat ventre sur le lit. Demain, il rentre chez lui. Avec ou sans Gauvain.

Il est réveillé par un martèlement sur la porte. Dehors, il fait encore jour. Il doit être aux environs de vingt-et-une

160

heures. Il a mal à la tête, il a faim, mais il n'est pas prêt à faire face à Phil ou à celui qui frappe. Sauf s'il s'agit d'Elizabeth, mais il y a très peu de chance que ce soit elle qui tambourine avec une telle énergie. Il fixe le ciel au-dessus de sa tête et prête l'oreille.

Il perçoit le bruit des pas de Phil, puis celui de la porte qui s'ouvre.

— Bon sang, Gauvain ! Qu'est-ce qui t'est arrivé ?

Une voix masculine :

— Monsieur Phileas Phine ?

Sid imagine que Phil hoche la tête.

— Ce jeune homme prétend que sa mère est partie. C'est vrai ? demande une femme.

— Oui, répond Phil. Elle s'est… euh… absentée.

Ce sont manifestement des policiers qui ramènent Gauvain. Sid glisse de son lit et jette un coup d'œil sous l'échelle, dans la pièce du bas. Deux agents encadrent Gauvain. Ils occupent presque tout l'espace exigu. Le garçon a une coupure ouverte sous l'œil droit, sa lèvre inférieure est gonflée et sanguinolente, il tient son bras gauche en écharpe et respire laborieusement.

— Il prétend que vous êtes son tuteur, est-ce exact ? interroge la policière.

— Son tuteur ? s'étonne Phil.

Mais il se reprend aussitôt.

— Oui, c'est moi. Et sa grand-mère n'habite pas loin. C'est nous qui nous en occupons.

— Vous êtes sûr ? rétorque l'agent de police d'un ton légèrement agressif, comme pour provoquer Phil. Il traînait en ville, avec des types peu fréquentables. Ils ont voulu lui voler son vélo et l'ont tabassé.

— Salauds ! grogne Gauvain. Je les ai détruits.

— Surveille ton langage, ordonne la femme. Monsieur Phine, ce n'est pas la première fois que nous ramenons Gauvain...

— Bande de chiens ! bougonne celui-ci.

Elle soupire.

— S'il continue sur cette pente, il va se retrouver devant le tribunal pour enfants. Tu n'as certainement pas envie d'en arriver là, n'est-ce pas, jeune homme ?

— Pouffiasse !

Phil l'attrape par le coude. Le gauche. Il hurle de douleur, un cri de fille suraigu.

— Excuse-toi, lui ordonne Phil, les dents serrées. Maintenant.

— Tu me fais mal ! gémit Gauvain.

— J'ai dit : maintenant.

— Désolé, murmure le garçon.

— Plus fort. On ne t'a pas compris !

— Ça va, monsieur Phine, tempère la policière. J'ai entendu pire.

— Non, ça ne va pas. Plus fort, Gauvain, ou tu retournes au poste et tu passes la nuit sous les verrous.

— Je suis désolé, OK ? Je suis désolé.

Il est au bord des larmes, Sid le sent. Mais Phil ne se laisse pas attendrir. Il le lâche et le pousse sur une chaise.

— Merci de l'avoir ramené, dit-il aux deux agents. Je prends le relais.

— Il faudra probablement qu'il voie un médecin, signale la policière. Il est possible qu'il ait des côtes cassées.

Phil acquiesce et répète :

— Je prends le relais.

Dès qu'ils tournent le dos, Gauvain leur fait un doigt d'honneur que Sid est seul à voir.

Il attend leur départ pour descendre. Il s'assied en face de Gauvain pendant que Phil nettoie ses ecchymoses, pose deux sutures adhésives sur la coupure près de l'œil, et bande ses côtes avec du sparadrap grande largeur.

— Pas question de passer la nuit aux urgences, marmonne-t-il. Ce serait une perte de temps. Ce ne sont que des coupures superficielles et pour les côtes, ils ne feront rien de plus. Je vais chez Devi téléphoner à Elizabeth. Je peux vous laisser cinq minutes ?

Sid fait signe que oui.

— Où est le Chevalier vert ? demande-t-il, une fois Phil parti.

— Ils l'ont pris, ces bâtards !

Gauvain articule mal et cligne des yeux. « Il n'a que treize ans, songe Sid. C'est un gamin. Un gamin épuisé, en colère et paumé. »

— Tu parles du gars qui t'a agressé ?

Son frère hoche la tête. Une larme tombe sur la table, qu'il éponge avec sa manche.

— Ils étaient deux.

— Dur, souffle Sid.

D'autres larmes roulent sur les joues de Gauvain.

— J'ai eu une idée, commence Sid. Une idée pour toi. Et moi.

Gauvain renifle et essuie son nez avec son avant-bras. Un geste que Sid interprète comme un encouragement. Après tout, Gauvain aurait pu l'envoyer promener.

— Tu pourrais rentrer avec moi sur l'île, reprend-il. Megan et Caleb seraient d'accord. On ferait des trucs ensemble, avec Chloé aussi. Des virées à vélo, ou des sorties au lac. Peut-être même qu'on pourrait organiser une promenade en mer sur le bateau de Caleb…

Sa voix le lâche.

— Ce serait génial, souffle Gauvain.

Est-il sérieux ou sarcastique ? Impossible de le deviner. Tout ce que Sid entend, c'est que son frère a vraiment besoin de se moucher.

— Elizabeth pourrait venir aussi, ajoute-t-il.

Gauvain esquisse un sourire et s'écroule sur la table.

— Je suis crevé, murmure-t-il.

Sid hésite à le hisser sur la mezzanine, mais décide finalement de l'installer dans le lit de Phil. Il n'est pas sûr qu'il arrive à grimper l'échelle, et il n'a aucune envie de le traîner jusque chez Devi.

— Viens, lui dit-il en l'attrapant par son bras valide.

Gauvain se lève, s'affale sur Sid, titube jusqu'à la chambre, et s'effondre sur le lit. Il replie les genoux contre sa poitrine et pousse un grognement. Sid lui enlève ses baskets et le couvre.

— Dors bien.

Gauvain grommelle quelque chose alors que Sid ferme la porte. « Merci pour tout », peut-être, à moins que ce ne soit « Va te faire foutre »…

Sid est au téléphone avec Megan quand Phil revient. Une expression de panique s'affiche sur son visage lorsqu'il s'aperçoit que Gauvain n'est plus là. Mais Sid désigne la porte de la chambre fermée et ses traits se détendent aussitôt.

— Je ne sais pas à quelle heure on arrivera, déclare Sid dans l'appareil. Mais on rentre demain, c'est certain. Tu es sûre que ça ira pour vous ?

Il observe Phil qui prépare du thé tandis qu'il écoute Megan affirmer qu'elle est très contente de la venue de Gauvain. Il souhaite de tout cœur qu'elle soit encore de cet avis après avoir fait sa connaissance.

— J'ai proposé à Gauvain de venir avec moi, explique Sid après avoir raccroché. J'espère que ça ne te pose pas de problème. Je l'ai aussi couché dans ton lit. Il ne tenait plus debout. Je lui ai retiré ses chaussures.

Phil sourit pour la première fois de la soirée :

— Tu es un chic type, Sid.

— Tu crois qu'Elizabeth aimerait venir sur l'île ? Megan m'a assuré qu'elle serait la bienvenue, et qu'elle pourrait rester aussi longtemps qu'elle le souhaiterait.

— Elizabeth est toujours partante pour les voyages. Elle adore conduire. Mais tu vas pouvoir lui poser la question toi-même. Elle arrive. Je voudrais essayer de retrouver Devi, elle est peut-être retournée dans son ancien quartier, à Vancouver…

— Est-ce qu'on pourrait demander à Elizabeth de s'arrêter dans un Mc Do, et de me ramener un hamburger ? Je meurs de faim…

— Oh, je suis désolé ! s'écrie Phil. Un gamin blessé, l'autre affamé. Tu parles d'un tuteur !

Il compose aussitôt le numéro d'Elizabeth et la prie d'acheter de quoi dîner. Elle arrive chargée de sacs contenant des hamburgers, des patates douces frites, deux salades composées et une tarte aux mûres, en quantité suffisante pour eux tous, Gauvain inclus. Et on sent que ça ne vient pas d'une chaîne de restauration rapide.

— J'ai des relations haut placées ! rit-elle lorsque Sid lui demande où elle a acheté la nourriture.

Il n'a jamais mangé d'hamburger aussi bon. Et la tarte est délicieuse, presque aussi savoureuse que celle de Megan.

La dernière bouchée avalée, il se lance :

— Gauvain aimerait venir chez moi…

Il s'interrompt et précise :

— La vérité, c'est que je lui ai proposé de m'accompagner et qu'il n'a pas refusé. Et comme Phil veut partir à

Vancouver pour chercher Devi… Je voulais te demander un truc : ça te dirait de venir aussi ? De nous accompagner sur l'île ? Megan est d'accord. Et moi, ça me ferait plaisir.

Il s'arrête. Il se rend compte qu'il a bafouillé, mais Elizabeth sourit.

— Une virée en voiture ? lance-t-elle, les yeux brillants. Ça fait bien longtemps que je n'ai pas fait ça. Et je rêve de voir ton île, alors c'est oui ! Cher ami, j'accepte votre invitation. Quand partons-nous ?

— Demain, déclare Sid. J'ai prévenu Megan.

— Excellent ! s'exclame Elizabeth. Embarquons Gauvain avant qu'il n'ait le temps de changer d'avis.

— Changer d'avis pour quoi ?

Gauvain se tient sur le seuil de la chambre de Phil.

— Vous m'avez réveillé ! grogne-t-il.

Sid ne peut se retenir de rire : son frère ressemble à un tout petit garçon au lever de la sieste !

— Tu devrais passer sous la douche, lance-t-il. Surtout si on reste enfermés dans la voiture pendant six heures.

— Hein ? Quelle voiture ?

— La mienne, annonce Elizabeth. On part à l'aventure !

Gauvain fronce les sourcils :

— Vous auriez pas de quoi manger, plutôt ?

Cette fois, tout le monde éclate de rire, même lui.

— Aïe ! Ça fait trop mal ! glapit-il en se tenant les côtes.

Quand les poules...

— JE VIENS PAS !

Gauvain croise les bras sur sa poitrine, et grimace aussitôt de douleur. Il lance un regard furieux à Phil, qui est en train de charger un énorme sac marin noir dans le coffre de la Honda d'Elizabeth. Une nuit de sommeil n'a pas suffi à améliorer l'humeur de l'adolescent.

— Et si maman revient et que personne n'est là ? Tu y as pensé à ça, hein ?

Phil hoche la tête.

— Oui. Son amie Holly va s'installer ici jusqu'à ce que je revienne de Vancouver. Si Devi réapparaît, elle m'appellera…

Il claque le coffre.

— … et je te préviendrai aussitôt. Allez, monte.

Sid, assis à l'avant, se demande si Gauvain va frapper Phil. Ce serait un combat certes intéressant à regarder, mais très stupide. Même s'il est plus costaud, Gauvain est blessé et Phil est beaucoup plus fort que lui. Sid remarque que son frère serre son poing droit et que sa respiration est saccadée. Il s'adosse à l'appui-tête et ferme les yeux. Il voudrait que la voiture démarre enfin.

Elizabeth, qui est au volant, se penche à la fenêtre :

— Gauvain, nous t'attendons.

Le garçon tire violemment sur la porte, s'effondre sur la banquette arrière dans un bruit sourd, et pousse un gémissement.

— J'ai mal ! Donne-moi un vrai médoc, et pas ton aspirine de merde !

Elizabeth se retourne pour le fixer droit dans les yeux.

— Certainement pas. Et cesse de t'exprimer comme si tu avais été élevé dans la zone. Cela dénote une regrettable carence d'imagination.

— Une caresse d'imagination, c'est quoi encore, ce truc ? grogne Gauvain en claquant la portière.

Il attache sa ceinture, un geste qui lui arrache une nouvelle plainte.

— Une carence, c'est une insuffisance, un défaut, explique Sid. Dans ce cas, ça veut dire un manque d'imagination.

— Merci, j'avais compris ! grogne Gauvain en donnant un coup de pied dans le siège de Sid avec son énorme basket. Et d'abord, de l'imagination, j'en ai. Plus que toi, lopette !

— Ton vocabulaire, Gauvain ! lance Elizabeth en sortant en marche arrière.

— Ça va ! Lopette, c'est pas un vrai gros mot !

— Lopette *n'est pas* un vrai gros mot, corrige Sid.

— Oh, pour qui il se prend, l'autre ? Pour l'inspecteur en chef de la grammaire ? ricane Gauvain.

Il enfonce ses écouteurs dans les oreilles.

— Prévenez-moi quand on sera arrivés.

Sid se réveille alors que la voiture franchit la rampe du ferry dans un bruit métallique. Il a dormi à l'arrière depuis qu'ils ont quitté Nanaimo, où ils se sont arrêtés pour déjeuner.

— C'est moi qui monte devant ! a crié Gauvain, alors que Sid sortait des toilettes.

Ayant épuisé tous les sujets de conversation, il n'a pas émis d'objection.

Elizabeth gare la voiture, puis elle coupe le contact, tourne la tête et lui sourit :

— On grimpe au salon ?

Il se frotte les yeux et bâille. Le ferry quitte le port et s'engage dans le chenal.

« Cette fois, j'y suis presque, songe-t-il. Plus qu'une demi-heure et on est à la maison. Peut-être que Megan a fait des cookies ? »

— Allez, viens ! lance Gauvain.

Il sort de la voiture en courant et fonce vers les escaliers, manquant de renverser une jeune femme dont le sac à dos est presque aussi gros qu'elle. À la surprise de Sid, il s'arrête, s'excuse, et lui prend son gigantesque bagage. Il ne peut retenir un rictus lorsque le sac frôle ses côtes. Elle le suit dans l'escalier, ses dreadlocks dansent au rythme de ses pas. Sid tient la porte à Elizabeth, et lui prend le bras pour traverser le pont des voitures. La mer est agitée, le ferry tangue un peu. Il ne manquerait plus qu'elle tombe et se casse la hanche. Ils rejoignent le salon passagers. Pas de Gauvain.

— Il est probablement monté sur le pont supérieur, tu veux que j'aille voir ? propose Sid.

— J'y vais, dit Elizabeth. J'ai besoin de me dégourdir les jambes, la route a été longue.

— Tu es sûre ? L'escalier est raide, et c'est très venté là-haut.

Elizabeth éclate de rire et lui tapote la main :

— Tu te fais trop de souci, trésor. Je te rappelle que je suis la « super-mamie » de Vitaforme !

Elizabeth et Gauvain redescendent au moment où le bateau amorce un large virage pour entrer dans la crique. On aperçoit les rampes rouges du port. Les cheveux d'Elizabeth se sont échappés de son chignon. Pour une fois, Gauvain ressemble à ce qu'il est ou ce qu'il devrait être : un enfant de treize ans en vacances avec sa grand-mère et son frère. Et non un jeune délinquant.

— Ces petits ports sont si gais, si accueillants ! s'enthousiasme Elizabeth. J'ai toujours trouvé que c'était un cadeau, une délicate attention envers les voyageurs. S'y promener doit remonter le moral lorsqu'il fait gris.

Avant que Sid ne puisse répondre, Gauvain enchaîne :

— C'est génial, mec ! On a vu des baleines ! Et des orques ! Elizabeth m'a dit que ton père avait un bateau. Tu crois qu'il accepterait de m'emmener ? Il y a ce rocher géant sous l'eau… Enfin, ce qu'il en reste depuis qu'ils l'ont fait péter.

Sid regarde Elizabeth et sourit :

— Elle t'a parlé de Ripple Rock ? Si tu veux, je te montrerai l'explosion. La vidéo est en ligne. C'est impressionnant. Et oui, je suis certain que Caleb – papa – te fera faire un tour en bateau. Tant que tu obéis à ses ordres, que tu portes un gilet de sauvetage et des chaussures adaptées…

« Papa ». Il a aimé prononcer ce mot, même s'il appelle toujours Caleb par son prénom.

Ils sortent en voiture du ferry, et aperçoivent Megan, Chloé et Fariza qui les attendent sur le parking, à côté du minibus marqué du logo « Croisières Caprice ». Elles font des bonds et agitent les bras. Elles ont dû scruter tous les bateaux pour essayer de les repérer.

« C'est comme si j'étais parti depuis des années, songe Sid. Comme si j'étais le fils prodigue qui rentre à la maison. Peut-être qu'on va faire un barbecue géant ce soir, la version moderne du veau gras de la Bible ? Sauf que le fils prodigue a failli être tué par son frère, ou une histoire du genre… »

Il chasse cette pensée de son esprit, tandis qu'Elizabeth se gare sur le parking. Aussitôt, Chloé le tire de la voiture et le serre contre elle.

— Tu m'as trop manqué ! lance-t-elle, le nez enfoui dans ses cheveux.

— Toi aussi…

Elle le berce d'avant en arrière, agrippée à son cou. Son haleine exhale son parfum habituel de bubble-gum et de gloss à la fraise.

— … mais tu m'étrangles, là ! proteste-t-il.

— Bien fait pour toi ! rétorque-t-elle en se reculant.

Elle tend la main à Elizabeth tandis que Sid fait les présentations :

— Voici Chloé, mon amie, et Megan, ma mère.

Elizabeth cille légèrement. « Mais ma mère, c'est Megan, pense Sid. Pas Devi… »

— Soyez la bienvenue ! dit Megan.

— Et voilà Gauvain, mon frère, poursuit Sid, alors que celui-ci sort de la voiture.

— Hein ? s'étrangle Chloé.

Manifestement, personne n'a pris la peine de la prévenir qu'il était noir. Le garçon est hypnotisé par la jeune fille. Un loup affamé devant un délicieux petit gâteau sucré, recouvert d'un joli glaçage rose.

Sid se penche sur son épaule et lui souffle :

— Attention, tu baves !

Gauvain affiche un large sourire, ses dents sont immaculées et parfaitement alignées.

— Salut, Chloé, ravi de faire ta connaissance. Bonjour, madame... euh...

Il s'arrête, embarrassé.

— Appelle-moi Megan, comme tout le monde. Et voici... Fariza !

Elle se retourne pour pousser la petite fille en avant.

Gauvain se baisse afin de se mettre à sa hauteur.

— J'adore ta coiffure ! lance-t-il en tendant la main pour toucher une perle verte.

Fariza se dérobe et court vers Sid. Elle enroule ses bras autour de sa taille. Il se penche et la serre contre lui.

— C'est quoi, son problème ? lâche Gauvain en se redressant, les yeux rivés sur Fariza et Sid.

— C'est une longue histoire, soupire Sid. Elle n'aime pas trop les garçons.

— Ben, elle a l'air de bien t'aimer, toi ! Ah ouais, c'est parce que...

Il s'interrompt et cherche des yeux Elizabeth, qui s'est éloignée de quelques mètres avec Megan, dont l'index est tendu vers le *Caprice*.

— ... t'es une tapette ! termine-t-il à voix basse.

Sid ignore l'insulte, mais Chloé réagit au quart de tour. Elle attrape Gauvain par le bras. L'adolescent pousse un cri de douleur.

— Qu'est-ce que tu viens de dire ? siffle-t-elle.

— Rien. J'ai rien dit.

« Je *n'ai* rien dit... », corrige Sid mentalement. Il aimerait que Gauvain arrête son numéro de gros dur. Il n'impressionne personne, et surtout pas Chloé.

— Ça vaut mieux pour toi ! réplique la jeune fille. Sinon, je te botte tes grosses fesses noires !

Gauvain ricane :

— Oh là là, je suis mort de trouille !

Il se met à sautiller et simule un coup de poing dans la tête de Chloé de sa main valide.

— Laisse tomber, murmure Sid à Chloé. C'est un p'tit con.

Elle le lâche et se tourne vers son ami.

— Il va falloir que tu apprennes à te faire respecter, déclare-t-elle. Sinon, tes petites fesses blanches aussi, je vais les botter !

— Je suis revenu pour ça ! Tu n'imagines même pas comme ça m'a manqué ! rit Sid.

— C'est qui le « p'tit con » ? interroge Gauvain. Et pourquoi t'as le droit de dire des gros mots, toi ? ajoute-t-il en frottant son bras endolori par la poigne de fer de Chloé.

Elizabeth et Megan reviennent et se joignent à eux.

— Sid est un être spécial, voilà pourquoi, lance Chloé, sibylline. Tu n'as pas idée à quel point... Bienvenue dans notre monde, Gauvain !

Fariza desserre son étreinte et prend Sid par la main. Elle l'entraîne jusqu'au minibus où Fred attend, tête penchée, bien sanglé dans son siège-auto.

— Ça ne vous dérange pas si je rentre avec Megan ? demande Sid. Chloé, tu peux monter avec Elizabeth et Gauvain pour les guider ? On a des choses à se dire, Fariza, Fred et moi.

— C'est une bombe atomique, cette meuf ! lance Gauvain.

Il est assis sur le lit, dans la chambre que Megan a préparée pour lui. Sid est en train de poser des serviettes propres sur la commode.

— Qui ? Chloé ? Oui, j'imagine.

— Tu *imagines* ? Mais t'es aveugle, ou quoi ?

— Arrête, Gauvain, d'accord ? répond Sid d'un ton las. Range tes affaires et descends pour goûter. N'oublie pas de te laver les mains avant, c'est la première chose que Megan va te demander.

Il se tourne vers la porte.

— Tu as tout ce qu'il te faut ? La salle de bains est juste à côté.

Il jette un regard à son frère qui fixe le tapis crocheté.

— Ça va ?

Gauvain lève les yeux.

— Ouais, ça va.

Il semble au bord des larmes, mais Sid n'a plus l'énergie pour ses débordements d'émotion. Megan parviendra peut-être à comprendre ce qui ne va pas chez lui.

— Descends quand tu es prêt, lui dit-il. Ou pas, c'est comme tu veux. Mais Megan a fait des cookies. À ta place, je ne raterais pas ça !

Se réveiller dans son lit le lendemain matin est un bonheur absolu. Même la pensée qu'il va partager son foyer avec ce frère noir en colère n'arrive pas à entamer le plaisir qu'il ressent, alors qu'il entend Megan moudre le café dans la cuisine. Il contemple le soleil qui inonde les murs de sa chambre de sa chaude lumière. L'odeur alléchante du bacon en train de frire lui chatouille les narines. Il y aura probablement des gaufres au petit déjeuner, même si l'on n'est pas dimanche. La veille, Gauvain n'est pas descendu dîner. Megan lui a monté un plateau et s'est attardée une minute pour vérifier qu'il allait bien. Plus tard, Sid a eu l'impression de l'avoir entendu se lever et entrer dans la salle de bains, mais c'était peut-être Elizabeth.

Tout le monde s'est couché de bonne heure, après un rapide repas, composé d'un plat de pâtes et d'une salade. Pas de veau gras. Pas de frère meurtrier. Pour l'instant, du moins. Sid s'est réjoui de l'obscurité et du silence, parfois interrompu par la stridulation d'un criquet ou un bruit de chasse d'eau. Maintenant, c'est la voix lente et grave de Caleb qu'il entend, puis celle de Gauvain, plus aiguë, au débit rapide. Il se retourne dans son lit et essaie de se préparer à une nouvelle journée en compagnie de son frère.

Peut-être Chloé va-t-elle passer et l'hypnotiser avec son bikini ? À moins que Caleb ne l'emmène faire un tour en bateau ? Ou alors, Megan va lui demander de l'aider au jardin… Peu importe, pourvu que Sid ait la paix un moment. Il veut s'asseoir à table avec Fariza, vérifier si Éric, l'aigle, est bien dans son nid, observer la file d'attente pour le ferry. Il veut lire ce que Fariza a écrit, dessiner son histoire. Lui-même devrait peut-être en commencer une nouvelle ? *Les Extraordinaires Mésaventures de Sid et Gauvain.* Il sourit, enfile un bermuda et glisse ses pieds dans ses Vans. Il renifle ses aisselles et sort un T-shirt propre du tiroir. On frappe à la porte, un petit coup léger.

— Une minute ! lance-t-il, la tête coincée sous son T-shirt.

La porte s'entrebâille. Une voix, aussi veloutée qu'une aile de papillon de nuit, traverse l'épaisseur du tissu pour arriver étouffée à son oreille :

— C'est prêt !

— Fariza ? s'écrie-t-il en émergeant du T-shirt. C'est toi ?

Il ouvre la porte en grand et fonce dans le couloir. Pas de Fariza. La porte de sa chambre est fermée. Il frappe. Pas de réponse. Il entend la chasse d'eau, puis l'eau couler dans le lavabo. La porte des toilettes s'ouvre et Fariza apparaît, vêtue d'un collant jaune canari, d'un T-shirt bleu des Canucks, l'équipe de hockey de Vancouver, qui lui arrive aux genoux, et de bottes UGG qui, si Sid s'en souvient bien, ont appartenu à Chloé. Elle tend les mains vers lui, paumes en l'air, tout sourire.

— C'est bien ! la félicite-t-il. Et merci de m'avoir prévenu que le petit déjeuner était servi. J'aurais été vert de manquer les gaufres !

Il se baisse, de sorte qu'elle puisse grimper sur son dos et la porte jusqu'à la cuisine. Elle regagne sa place à table, installe Fred près d'elle, lève les yeux sur Sid, puis pose son index devant sa bouche. Sid hoche la tête et s'assied sur la chaise voisine. Il est d'accord pour ne pas révéler aux autres qu'elle vient de prononcer une phrase différente de « s'il te plaît » et « merci ». Pour l'instant, il est heureux : ces trois petits mots – *c'est prêt* – sont le cadeau parfait pour fêter son retour à la maison.

Va au diable !

— QU'EST-CE QUI LUI EST ARRIVÉ ? interroge Gauvain. Il rince la vaisselle du petit déjeuner et la passe à Sid, qui charge le lave-vaisselle.

— Je ne sais pas, répond Sid.

— Ça doit être grave pour qu'elle parle plus…

— Oui, probablement.

Il appuie sur la touche « départ » de la machine.

— Elle parlera quand elle en aura envie. Et elle dit tout de même « s'il te plaît » et « merci ».

— « S'il te plaît » et « merci », répète Gauvain. Rien d'autre ? C'est bizarre.

— Oui.

— Megan sait ce qui s'est passé ?

— Sûrement.

— Tu lui as demandé ?

— Non.

— T'as pas envie de savoir ?

Sid réfléchit un instant. Lorsque Fariza est arrivée sur l'île, il a été curieux, comme l'est Gauvain aujourd'hui. Il comprend sa réaction. Il lui répond en choisissant chaque mot avec soin.

— Si, j'ai envie de connaître son histoire. Mais à condition que ce soit elle qui me la raconte, et seulement si ça peut l'aider.

— Mais elle parle pas, elle peut pas te la raconter ! Et si ça peut l'aider, pourquoi est-ce que Megan n'essaie pas de lui tirer les vers du nez ?

Sid hausse les épaules :

— Megan ne ferait jamais ça. Et elle sait s'y prendre. Elle croit fermement que les choses arrivent quand elles doivent arriver. On ne peut pas forcer quelqu'un à parler.

— Mais, toi, t'as envie de savoir ou pas ? insiste Gauvain.

— Oui ! Surtout si ça peut te clouer le bec sur le sujet !

Il lui donne une petite bourrade sur l'épaule pour lui signifier qu'il plaisante. D'une certaine façon.

Fariza entre dans la cuisine et entraîne Sid au salon où elle a installé toutes les peluches sur le canapé vert. Elle tend l'index vers le divan, puis désigne Gauvain qui est resté sur le seuil de la cuisine.

Sid fait la moue :

— Il est peut-être un peu grand pour ça…

— Un peu grand pour quoi ? interroge Gauvain.

— Un animal en peluche. C'est une tradition ici. Chaque enfant qui arrive choisit une peluche. J'ai encore le mien. Picpic, le porc-épic. Fariza a préféré adopter un flamant rose !

— Mais vous croyez quoi ? Que j'ai trois ans ?

Il s'approche du canapé et balaie de la main ses occupants, puis il se précipite dans l'escalier et claque la porte de sa chambre.

Fariza se cache derrière Sid, les yeux pleins de larmes.

— Ne t'en fais pas, la console-t-il. Gauvain ne sait pas à quel point un ami en peluche lui ferait du bien. Il est en colère, mais pas contre toi. Ni moi.

Devi se comporte-t-elle ainsi lorsqu'elle ne prend pas ses médicaments ? Il n'arrive pas à s'imaginer la vie auprès de quelqu'un d'aussi lunatique. La plus grosse manifestation de colère que Megan ait eue, ce fut de lui donner un petit coup de torchon en criant : « Allez, ouste ! »

Il frissonne, pose sa main sur l'épaule de Fariza et l'entraîne vers la grande table.

— Va chercher ton cahier pendant que je prépare le matériel.

Fariza hoche la tête et monte dans sa chambre. Alors que Sid est en train d'aligner feutres et crayons sur la table, Megan sort du poste de commandement.

— Je suis désolé pour Gauvain, dit-il. Tantôt il va bien, tantôt il pique une crise.

— J'irai lui parler plus tard, quand il sera calmé. Elizabeth s'est installée dehors, elle boit son thé en bouquinant. J'ai du travail en retard. Caleb a dit qu'il montrerait son bateau à Gauvain un autre jour. Il faut que tu passes un peu de temps avec Fariza. Tu lui as vraiment manqué. Elle a écrit dans son cahier tous les jours. Elle ne voulait le montrer à personne et le cachait sous son oreiller le soir.

Sid s'apprête à avouer à Megan qu'il se demande si Fariza ne va pas bientôt se remettre à parler, mais celle-ci entre au salon, son cahier dans une main, Fred dans l'autre. Elle installe la peluche sur une chaise, puis désigne Éric, qui vole en cercle autour de son nid. Sid songe que les corbeaux du port sont beaucoup plus beaux que les corneilles. Ils sont dignes, majestueux. Les corneilles sont des canailles. Il refoule l'image de l'autoportrait de Devi assassinée par les oiseaux, tandis que Fariza ouvre son bloc-notes.

Une heure plus tard, il lâche son crayon, et secoue ses doigts pour les détendre.

— On fait une pause, la puce ?

Pour l'instant, le plus intéressant, dans ce que Fariza a écrit, c'est son orthographe :

Fred et moi, on na été o magazun avec Megan pour acheté des fleures, du beure, et des paipites de chokola. On a aidé Megan à fer des coukis. Fred a fé n'importe koi avec les zeu. Les couqui été vrément bons.

Le lendemain, elle a écrit :

184

J'ai donner un bain à Fred. Megan m'a dit que Fred était 1 noiso d'o, mais je pense kel se tronpe.

Fariza sourit lorsqu'elle découvre les dessins de Sid : Fred couvert de jaune d'œuf, Fred dans son bain. Mais lorsqu'il veut tourner la page pour lire la suite, elle reprend son cahier, le ferme, et grimpe en courant les escaliers. Il range ses affaires, se verse un verre de jus de fruits, avant de sortir retrouver Elizabeth. Elle est assise sur le porche, et contemple le petit port.

— Est-ce là que Devi avait amarré l'*Amphitrite* ? interroge-t-elle à mi-voix.

— Je crois, répond Sid. Je n'avais que deux ans, je n'en ai aucun souvenir. Ni du bateau ni d'elle, en fait.

Il sait que c'est méchant de lui dire ça, mais il veut qu'elle comprenne que sa mère, c'est Megan.

— Elle m'avait envoyé un dessin de l'*Amphitrite*, lui apprend Elizabeth. Elle se débrouillait vraiment bien, tu sais. Comme toi, d'ailleurs.

Sid secoue la tête. On dirait qu'une guêpe s'est prise dans ses cheveux. Non, pas comme lui. Surtout pas.

— Je serais venue te chercher, murmure Elizabeth. Si j'avais su. Tu dois me croire, Sid. Stan et moi, on serait…

Elle s'interrompt, au bord des larmes. Sid a pitié d'elle.

— Je sais. Megan et Caleb se sont bien occupés de moi. Je n'aurais pas pu mieux tomber. Je suis désolé…

— Ne le sois pas, le coupe-t-elle. Je me réjouis de te voir ici, dans ce lieu qui t'a vu grandir. Ton foyer. Je ne dis pas que les choses doivent changer, à moins que tu ne le souhaites, bien sûr…

Sid n'est pas certain de comprendre ce qu'elle veut dire. Il a eu sa dose de changements pour un bon moment ! L'arrivée de Chloé et de sa grand-mère le sauve. Irena s'est habillée pour faire bonne impression, elle a mis son tailleur Chanel rose, celui qu'elle porte pour le dîner de Noël, avec un collier de perles et des escarpins. Une tenue totalement inappropriée pour une matinée d'août. Elizabeth, qui est vêtue d'un jean bien repassé, d'une chemise blanche et de sandales noires, se lève pour la saluer.

— Madame Eikenboom, je vous présente ma grand-mère, madame Irena Dawkins, lance Chloé.

— Quel joli nom, tout droit sorti de Dickens ! Appelez-moi Elizabeth.

— Et moi, Irena. Mais dites-moi, en quoi mon nom vous évoque-t-il Dickens ? J'ai lu ses œuvres complètes, et pourtant, je ne me souviens pas d'un personnage du nom d'Irena.

Elle s'installe sur une chaise et, d'un geste affecté, indique à Elizabeth qu'elle peut se rasseoir.

— C'est du thé ? interroge-t-elle. J'en veux bien une tasse. Tu verseras le lait d'abord, s'il te plaît, Sid. Et toi, Chloé, va me chercher un tabouret pour mes pieds.

En quittant la véranda, ils entendent Elizabeth expliquer :

— Dawkins est le vrai nom d'Artful Dodger, ce personnage qu'on appelle aussi « le Renard ». L'un de mes

186

amis est passionné par l'univers de Dickens. Sans lui, je ne l'aurais pas su. Les romans de ce monsieur sont beaucoup trop sentimentaux pour moi.

— Tu crois qu'Irena va la tuer ? souffle Chloé, tandis qu'ils partent en quête du tabouret et de la théière.

— Non, elle estime les gens qui ne sont pas des flatteurs. Je ne l'ai jamais été, et elle m'aime bien.

Chloé ricane.

— Tu parles ! Elle t'aime bien parce que tu lui as dit un jour qu'elle était la plus jolie fille du monde et que tu voulais l'épouser ! Je sais, tu avais cinq ans, mais elle ne l'a jamais oublié. Je me demande si elle arriverait à dresser Gauvain. Elle veut tous vous inviter à dîner. Rosbif, gratin maison, et diplomate en dessert. Le grand jeu ! Elle prend ta grand-mère pour la reine d'Angleterre !

« *Ta grand-mère*. C'est drôle d'entendre ça », songe Sid. Il a l'impression qu'on vient de lui greffer un troisième bras ou une seconde tête. Un ajout précieux, mais compliqué à apprivoiser. Il connaît à peine les parents de Megan et Caleb. La mère de Megan est morte il y a longtemps et son père s'est remarié avec une femme que Megan déteste. Ceux de Caleb habitent toujours à Terre-Neuve, où vivent leurs « vrais » petits-enfants. Mais, aujourd'hui, la « vraie » grand-mère de Sid est en train de boire un thé sous le porche.

Chloé attrape un vieux pouf en cuir et revient sur ses pas.

— Parfois, j'ai l'impression d'être l'esclave de ma grand-mère. Qui m'aidera à rompre mes chaînes ?

Et elle jette un regard appuyé à Sid.

— Ne bouge pas, je vais chercher ma scie ! répond celui-ci en riant.

— Je suis venue à vélo, et j'ai pris mon maillot de bain, annonce Chloé. Au cas où tu voudrais aller au lac.

Irena a emmené Elizabeth, elle tient à lui montrer son jardin. La maison semble déserte et le déjeuner est encore loin. En temps normal, Sid aiderait Megan aux travaux ménagers. Il arroserait le jardin, balaierait la cuisine, nettoierait la salle de bains, trierait la lessive. Mais aujourd'hui n'est pas un jour ordinaire, et la perspective de la chaleur des rochers cet après-midi, du délicieux goût de feuilles mortes de l'eau du lac, l'attire comme un aimant. Il veut s'éloigner de Gauvain, au moins pour quelques heures. Même le bavardage de Chloé lui paraîtra apaisant, comparé aux sautes d'humeur de son frère. Il frappe à la porte du poste de commandement de Megan.

— Entrez !

Il passe une tête à l'intérieur :

— Je vais au lac avec Chloé. On revient cet après-midi, OK ? On emporte de quoi déjeuner. Au fait, Irena fait visiter son jardin à Elizabeth.

Soudain, une voix retentit :

— Est-ce que vous avez un vélo pour moi ?

Elle vient du canapé sur lequel Gauvain est allongé. Sid ne s'était pas aperçu de sa présence.

— Tu veux un vélo ? s'étonne-t-il.

— Ben oui, pour aller au lac.

— Tu veux venir au lac ?

— C'est ce que je viens de dire, oui.

Gauvain se redresse. Sid remarque que son visage est gonflé, et qu'un tas de Kleenex écrasés traînent au pied du canapé.

— Je nage bien, mieux que toi, je parie ! lance son frère.

— Décidément, avec toi, tout est compétition.

Sid remarque le ton acide de sa propre voix.

— Tu peux prendre mon vélo, dit Megan. Celui de Caleb serait trop grand pour toi.

— Il est rose ?

Megan éclate de rire :

— Non ! C'est un VTT gris tout à fait banal. Il ne te fera pas honte, ne crains rien. Tu as apporté un short ?

Gauvain fait un signe affirmatif.

— Va vite te changer alors, le temps que je vous prépare des sandwichs. Au beurre de cacahuètes, ça ira ?

Il hoche la tête et sort de la pièce. Megan se lève, fait le tour du bureau pour s'approcher de Sid.

— Il se sent si seul. Il a peur, murmure-t-elle. Il a besoin de bouger pour se changer les idées.

« Moi aussi ! » a-t-il envie de rétorquer, mais il remarque le pli d'inquiétude sur le front de Megan et se contente de hausser les épaules.

— Bon, d'accord, mais ne m'en veux pas s'il se noie, je ne suis pas maître-nageur !

— C'est noté. On mange des hamburgers ce soir, ça ira ? Si Chloé veut rester dîner, elle est la bienvenue.

— Je vais lui proposer, dit Sid. Et oui aux hamburgers ! C'est une super idée.

Gauvain pédale devant Sid et Chloé. À chaque intersection, il leur demande le chemin. Souvent, Sid est tenté de crier « à gauche », lorsqu'il faut prendre à droite, mais il se souvient de l'expression du visage de Megan, et il envoie son frère dans la bonne direction. Lorsque Sid et Chloé arrivent au lac, Gauvain est déjà à l'eau, dans un bouillon d'écume. Il avance si vite que ses bras en paraissent flous. Gauvain est un nageur puissant, même avec ses côtes bandées.

Chloé plisse les yeux, éblouie par le soleil.

— Il nage la brasse papillon ?

Sid hausse les épaules et enlève son T-shirt. Lui-même nage bien, sans être particulièrement rapide, mais il n'a jamais réussi à maîtriser le papillon. D'ailleurs, il s'en fiche, il trouve que les mouvements exigent trop d'effort et servent surtout à impressionner les filles. Il se mouille lentement. Les chevilles, les tibias, les parties intimes. Une pause. Puis les hanches, la taille, la poitrine, le cou, la tête. Avant qu'il ne soit totalement immergé, *whoup*, Chloé s'élance, court, plonge, refait surface près de lui, et lui crache un jet d'eau à la figure.

— On fait la course ?

— Ah, non ! Tu ne vas pas t'y mettre ! s'insurge-t-il. Fais la course avec lui, moi, je passe mon tour !

— Dégonflé ! ricane Chloé en l'aspergeant de nouveau.

Il riposte en claquant le plat de la main sur l'eau. Elle pousse un cri strident et file vers le large. « Son crawl est joli, songe-t-il, mais elle ne rattrapera pas Gauvain. »

Sid fait la planche, observe un aigle – est-ce Éric ? – qui descend en piqué sur un cèdre. Il entend des bruits d'éclaboussures au loin. Chloé a dû rejoindre Gauvain finalement. Ils vont peut-être le laisser en paix un moment. Il se dirige tranquillement en nage indienne vers un îlot recouvert d'ajoncs et de broussailles dont il a l'intention de faire le tour. Il en est à la moitié du parcours, lorsqu'un cri strident perce le silence. La voix de Chloé est déformée, comme si sa bouche était pleine d'eau. Sid fait demi-tour et entame le crawl le plus rapide qu'il ait jamais exécuté. À chaque fois qu'il sort la tête de l'eau, il entend Gauvain hurler :

— J'ai pas fait exprès !

Maintenant, il est assez proche pour apercevoir son amie. Elle vient à sa rencontre. Ses mouvements sont désordonnés. Gauvain nage la brasse derrière elle, en grommelant.

Lorsque Chloé atteint Sid, elle l'attrape par le bras et se maintient debout dans l'eau. Il met un moment à réaliser qu'elle a les seins nus et que Gauvain tient le haut de son bikini dans sa main droite.

— Donne-moi ça ! ordonne-t-elle. Vous deux, retournez-vous !

Gauvain lui tend le morceau de tissu et elle nage jusqu'à la plage, pendant que les garçons font du surplace en lui tournant le dos. Elle se rhabille, puis leur donne l'autorisation de regagner la rive. Gauvain titube sur la plage derrière Sid, en crachant.

— J'ai rien fait ! C'est pas de ma faute ! répète-t-il.

La bande qui enveloppait ses côtes a glissé sur ses hanches, comme une couche mouillée.

Chloé se retourne. Ses cheveux sont collés à son visage et elle grelotte, mais elle serre les poings, contracte son corps, et lui fait face.

— Ne m'approche pas, sale petit pervers ! crie-t-elle.

Gauvain recule et se tourne vers Sid.

— Elle est fêlée, cette meuf ! J'ai rien fait. Son soutif s'est défait tout seul.

— Tu as tiré dessus, crétin ! Et tu t'es bien rincé l'œil ! Tu as de la chance de t'en être tiré avec un simple coup de pied où je pense !

— C'était un accident, il s'est dénoué tout seul, ton…

— Ferme-la, d'accord ? coupe Sid. Et dégage. Je suis sérieux, Gauvain. Bonne chance pour retrouver ton chemin.

— Mais je te jure, je lui ai pas fait de mal.

— Ferme-la ! répète Sid.

Chloé s'est mise à trembler, ses dents claquent. Gauvain attrape le vélo de Megan, pousse un juron au moment où son entrejambe touche la selle, et s'éloigne.

Sid s'assied sur un rocher et attire Chloé à lui. Il lui frotte le dos en petits cercles. Elle se laisse aller contre lui, ses muscles se détendent peu à peu, ses yeux se ferment.

192

Sid l'entoure de son bras, et elle se love contre sa poitrine. Il espère qu'elle n'entend pas les battements frénétiques de son cœur.

Ils restent assis en silence un long moment, avant qu'elle ne prenne la parole.

— Il est complètement tordu, ce gamin.

— Je sais. Crois-moi, je sais.

— J'aurais dû le noyer.

— Un peu extrême, peut-être…

Elle hausse les épaules :

— Allez, ce n'est pas si grave, après tout. Ce n'est pas comme s'il m'avait touchée. Et je lui ai fait bien mal. N'en parle à personne, OK ?

— Et s'il recommence ?

— Il ne recommencera pas. Je vais le prévenir que s'il me refait un coup pareil, je lui coupe son ver de terre !

— Bon, OK, c'est toi qui décides.

— C'est ton frère, Sid. Je ne veux pas qu'il ait des ennuis à cause de moi.

— Demi, corrige-t-il, tandis qu'ils grimpent sur leurs vélos et prennent la route de la maison. Ce n'est que mon demi-frère. Et des ennuis, il en a déjà.

Tu y crois ?

— Tu entres ? demande Sid à Chloé lorsqu'ils arrivent devant l'allée de la maison.

— Non, merci. J'ai assez vu ce crétin pour aujourd'hui. En plus, j'ai besoin d'une douche. Et je dois me laver les cheveux. Tu as vu dans quel état ils sont ? Peut-être que je devrais les couper super courts ou les tresser, comme Fariza. Tu en penses quoi ?

Elle tire une mèche devant ses yeux et l'examine avec attention, en louchant un peu.

— Mes pointes sont toutes fourchues !

— Je suis désolé, murmure Sid.

— Pour mes pointes fourchues ? Pas sûre que tu y sois pour grand-chose !

Elle replace ses cheveux derrière les oreilles et lui sourit. Ses lèvres sont un peu craquelées et ses épaules pèlent – pas assez de crème solaire –, mais sinon elle a l'air tout à fait normale. Joyeuse même. Comme si rien ne s'était passé. Comme si se retrouver à moitié nue devant deux garçons ne valait même pas la peine qu'on y accorde une pensée. Il espère que ce n'est qu'une façade.

— Non, pour ce qui s'est passé au lac, répond-il.

— Ce n'est pas de ta faute et j'ai géré toute seule.

— J'aurais dû…, commence Sid.

— Quoi ? Défendre mon honneur ? interroge-t-elle, en dessinant des guillemets imaginaires.

Sid approuve d'un signe.

— Oui, quelque chose comme ça…

Chloé fait une grimace et lui tire la langue :

— Et qui te dit qu'il me reste un honneur à défendre ?

Sid devient écarlate et répète « je suis désolé », tandis qu'elle se met en selle et s'en va.

Il pousse son vélo jusqu'à la maison, pour retarder un peu le moment où il devra affronter Gauvain. Lorsqu'il arrive, il trouve la bicyclette de Megan couchée sur le parterre de roses, près de l'escalier. Un bouton gît dans la poussière, probablement cassé lors de la chute de la bicyclette. Megan n'aime pas qu'on abîme ses fleurs – d'autant que peu survivent à l'appétit du cerf qui vit non loin de là. Sid range les deux vélos, puis il époussette la rose avant de rentrer pour la mettre dans l'eau.

La maison est calme. Un mot l'attend sur la table :

Suis partie acheter des glaces avec F. Peux-tu ramasser des framboises pour le gâteau ? Et quelques tomates aussi ? Merci ! M.
PS : Que s'est-il passé au lac ?

Sid froisse le bout de papier, le lance dans la poubelle, et monte prendre une douche. La porte de la chambre de Gauvain est fermée. « Parfait, pense Sid. Qu'il y reste jusqu'à son départ ! »

Lorsque Megan et Fariza reviennent, Sid est en train de récolter des framboises. Fariza le rejoint et repère les fruits qui ont échappé à sa vigilance, en scrutant consciencieusement les branches basses. Bientôt, ils en ont plus que nécessaire et décident de rentrer.

— Tu t'es bien amusée, aujourd'hui ? interroge-t-il.

Fariza opine de la tête et le désigne du doigt. Ses ongles sont du même rose pâle que les minuscules coquillages qu'il ramassait sur la plage lorsqu'il était petit. Chloé a dû lui poser du vernis à ongles.

— Tu veux savoir si je me suis bien amusé ? Pas vraiment, non. Chloé et Gauvain se sont bagarrés !

Fariza fronce les sourcils. Deux petites rides d'expression, qui ressemblent à de minuscules points d'exclamation, se forment au-dessus de son nez. Il tend l'index pour les effacer, mais elle recule d'un pas. « Son instinct lui dicte d'éviter tout contact masculin », songe Sid. Et il ne sait toujours pas pourquoi.

Elle ouvre et referme la bouche plusieurs fois avant de prendre une profonde inspiration et de lancer :

— C'est mal.

Sid fait un effort colossal pour ne pas la prendre dans ses bras et la serrer contre lui. C'est trop tôt, il le sait. À la place, il déclare :

— Tu as raison, c'est mal de se bagarrer. Mais les gens se battent, parfois. Ne t'inquiète pas, ça va.

Fariza secoue la tête énergiquement et serre les poings :

— Ça va pas !

Sid attend qu'elle en dise davantage, mais comme elle replonge dans le mutisme, il avance vers la maison. À peine a-t-il fait quelques pas qu'elle le rejoint et glisse sa main dans la sienne.

— Tu dis pas, ordonne-t-elle.

— Même pas à Megan ?

— Pas à Megan, confirme-t-elle, alors qu'ils grimpent les escaliers du perron.

« Pourquoi tant de secrets ? songe-t-il en coupant les tomates bien mûres du jardin après les avoir lavées. Chloé d'abord, et maintenant Fariza. C'est un truc de filles, ou quoi ? » D'une certaine façon, il peut comprendre pourquoi Chloé ne veut pas que quiconque sache ce qui s'est passé au lac. Mais Fariza ? Pourquoi tient-elle à cacher qu'elle parle de nouveau ? Il soupire et part vérifier si le barbecue est prêt. Il l'est presque. Caleb arrive avec les steaks hachés, Megan apporte des gobelets et des boissons : limonade, thé glacé, eau, bière. Fariza la suit avec un panier de petits pains ronds et moelleux. Elizabeth tient un plat d'épis de maïs bouillis. Gauvain, assis à l'écart dans la véranda, écoute de la musique sur son iPod.

— Chloé ne nous rejoint pas ? interroge Caleb, une fois les hamburgers cuits et tout le monde assis à table.

— Je ne crois pas, répond Sid. Elle est obsédée par ses cheveux.

— Qu'est-ce qu'ils ont, ses cheveux ?

— Si je savais… Tu connais les filles.

— Ah, ça oui ! approuve Caleb. Ma sœur Jo défrisait ses mèches au fer à repasser, et après, elle prenait une loupe pour vérifier si elle avait des fourches. Et regarde-la, maintenant !

Sid éclate de rire. Sa tante Jo a déménagé à Hawaï il y a des années pour créer une société de croisières de plongée. C'est la personne la moins féminine qu'il connaisse ! Et la plus musclée aussi. Megan se retourne et le dévisage, un sourcil dressé, les lèvres plissées. Il connaît cette expression qui signifie : « Ne me raconte pas d'histoires. Je sais que quelque chose ne va pas. J'aimerais bien que tu me dises quoi, mais je ne te forcerai pas à parler. » Il soutient son regard et hausse légèrement les épaules. Il sent son estomac se tordre, comme si les secrets qu'il portait remontaient jusqu'à sa gorge. Mais peut-être a-t-il juste faim ?

Le dîner met tout le monde mal à l'aise. Les manières de Gauvain ne se sont pas améliorées et Elizabeth en souffre.

— Tes coudes, mon chéri, murmure-t-elle.

Et elle ajoute :

— Tu as une serviette.

Gauvain l'ignore, engloutit son hamburger, et se lève de table avant que quiconque ait fini, sans débarrasser son assiette. Ni jeter un regard à Sid. Fariza le suit des yeux tandis qu'il rentre dans la maison. Elle donne un petit coup de coude à Sid et désigne l'assiette abandonnée, sur laquelle la serviette chiffonnée trempe dans un reste de ketchup. Elle fronce les sourcils et agite l'index, comme si elle grondait un enfant désobéissant.

Sid remarque qu'elle n'a pas touché à l'épi de maïs qu'il a déposé dans son assiette. Peut-être n'en a-t-elle jamais mangé ?

— Bon, Fariza, commence-t-il. Il y a deux manières de manger un épi de maïs : la bonne – on l'attaque sur sa longueur –, et la mauvaise – on le mord sur sa largeur. Je te montre ?

Il tartine un épi avec du beurre, le saupoudre de sel et de poivre, et commence à grignoter un côté d'un bout à l'autre, en le faisant avancer comme le chariot d'une vieille machine à écrire.

— Ding ! s'écrie-t-il au moment où il arrive au bord de l'épi. À toi, maintenant !

Elle beurre et assaisonne le sien avec soin, puis mord les grains moelleux et sucrés. Elle écarquille les yeux tandis qu'elle mâche. Quelques secondes plus tard, elle a creusé une étroite galerie tout le long. Du beurre dégouline de ses doigts et de son menton.

— Ding ! lance-t-elle lorsqu'elle termine son deuxième sillon.

Tous s'arrêtent de manger et la contemplent, éberlués. Elle leur sourit et s'exclame :

— Miam, trop bon !

Un grain jaune est coincé sur sa lèvre supérieure et le bout de son nez est luisant de beurre. Elizabeth bat des mains, Caleb laisse tomber son épi par terre, et cette fois, Sid attrape Fariza par la taille et la fait valser autour de la table. Aussitôt, Megan bondit de sa chaise et entraîne Caleb et Elizabeth dans une ronde endiablée autour de Sid et Fariza. Ils rient et scandent : « Miam, trop bon ! » Fariza glousse, tandis que les baisers pleuvent sur ses joues grasses.

— C'est la plus belle phrase que j'aie jamais entendue ! se réjouit Megan, lorsqu'enfin ils cessent leur danse.

Sid repose Fariza sur sa chaise.

— Il faut fêter ça ! Viens me donner un coup de main, Sid ! s'exclame Megan.

Il la suit dans la cuisine où elle le serre dans ses bras, avant de lui passer le batteur à œufs pour qu'il prépare de la chantilly.

— Tu le savais, n'est-ce pas ? interroge-t-elle.

Elle fouille le tiroir où elle stocke le bric-à-brac à la recherche de bougies.

— Tu savais qu'elle allait se remettre à parler…

— Oui, avoue-t-il. Elle m'a dit quelques mots quand on ramassait les framboises, mais elle m'a fait promettre de garder le secret. Je suis désolé, je voulais te le dire, mais voilà… Je ne pouvais pas.

« Et je ne peux pas te raconter non plus ce qui s'est passé entre Gauvain et Chloé cet après-midi », songe-t-il.

Il pense que ni Chloé ni Gauvain n'évoqueront l'incident du lac de sitôt. Il n'est pas sûr d'avoir envie qu'ils le fassent. Peut-être Chloé a-t-elle raison ? Peut-être n'est-ce pas si grave, après tout ?

— Elle t'a fait confiance, dit Megan. Et parce que tu n'as rien dit, elle s'est sentie en sécurité. C'est ce sentiment qui l'a encouragée à nous parler ce soir. Tu as bien fait de garder son secret.

— Qui sait, rit Sid. Peut-être qu'elle n'a rien d'autre à dire que « miam, trop bon » !

Il augmente la vitesse du batteur, mais entend tout de même Megan s'exclamer :

— C'est un excellent début, en tout cas. À ton avis, je mets combien de bougies sur le gâteau ?

— Alors, ça y est, elle s'est décidée à parler, coconne ? lance Gauvain le lendemain matin.

Il est assis à la table de la cuisine et il engloutit d'énormes cuillerées de céréales. Sid et lui déjeunent seuls. Elizabeth et Fariza sont encore endormies ; Megan et Caleb prennent leur café sur la terrasse

— Arrête ton cinéma, Gauvain, bougonne Sid avec lassitude.

Il installe des tartines dans le grille-pain et sort le beurre de cacahuètes et le miel.

— T'es de mauvais poil ? Tu t'es embrouillé avec ta copine ? ricane Gauvain.

Il s'essuie la bouche du revers de la main et rote bruyamment.

— Chloé n'est pas ma copine.

— Tu m'étonnes ! Une fille comme elle a besoin d'un homme, pas d'une tapette ! Et vous faites quoi, au juste, avec ces cahiers, toi et Machine… Comment elle s'appelle déjà ?

Le claquement sec du grille-pain qui éjecte la tartine fait sursauter Sid. Gauvain pouffe d'un rire qui déchire les oreilles, et ressemble au bruit d'un os qui se fracture.

— Fariza, dit Sid en se brûlant les doigts avec le grille-pain.

— Fariza, c'est ça, reprend Gauvain, soudain plus aimable. Vous allez dessiner aujourd'hui ?

— Probablement.

— Je vais peut-être dessiner avec vous, Devi m'a appris quelques trucs.

Et il sort d'un pas nonchalant de la cuisine.

« Pourvu que Fariza ne se réveille pas avant midi ! songe Sid en mordant dans sa tartine. D'ici là, Gauvain n'aura plus envie, ou alors, il sera parti faire un tour en bateau avec Caleb. » Lorsqu'il aura terminé d'illustrer l'histoire de Fariza, Sid commencera un nouveau cahier. Il dessinera ce qu'il voit autour de lui, et non plus ce qui lui trotte dans la tête. L'idéal serait de lier les deux, mais il ne sait pas encore comment procéder. Il a perdu tout intérêt pour Billy, qui est condamné à rester définitivement à Arum Titan, avec la plante géante à l'odeur puante et les horribles villageois.

Au fil des ans, il lui a consacré une dizaine de cahiers au moins, il est sûrement temps de les brûler, ou de les déchirer en mille morceaux, même si ça paraît une fin bien cruelle pour un si vieux compagnon.

Il termine sa tartine et range ses couverts, ainsi que ceux de Gauvain, dans le lave-vaisselle. Il est en train de trier la lessive lorsque Fariza apparaît, une main autour du cou de Fred, l'autre sur son cahier.

— On peut dessiner ? demande-t-elle.

Sa voix est un peu râpeuse, mais pas plus que celle de Sid lorsqu'il prononce ses premiers mots le matin. Il sourit :

— Avec plaisir, mais tu déjeunes d'abord, OK ?

— OK.

Fariza se dirige vers la cuisine. Il l'entend demander des céréales à Megan. Combien de temps leur faudra-t-il pour oublier qu'un jour, ses phrases ne comportaient que trois mots ?

Il reste deux pages de *Fred et Fariza* à illustrer : *Fred et Fariza vont à la pêche* et *Fred et Fariza au spa*. Tandis qu'il dessine Chloé en train d'appliquer un cataplasme aux algues sur les pattes malingres du flamant rose, il se rappelle la dernière chose que Chloé lui a dite, à propos de son honneur, et sent ses joues s'enflammer. Il termine le dessin de Fariza vernissant les orteils de Chloé, puis il fait mine de refermer le cahier.

— Non, tourne encore ! ordonne-t-elle.

Sid obéit, mais la page suivante est vierge.

— Il n'y a plus rien, Fariza.

Elle lui prend le cahier des mains, le retourne, l'ouvre par la fin. Son écriture tremblotante couvre la dernière page.

— Lis ! lui ordonne-t-elle.

Un jour, je tousser. J'avais malala gorge. La métresse m'a renvoyé à la maison. Maman m'a coucher dans mon lit. Elle m'a apporté un jus de fruit. Le rouge, mon préféré. Elle parlait avec ma seure dans le salon. Elle sappelle Parveen. Je croa que maman pleurait, mais peut-être que c'été ma seure qui pleurait ? Parveen rentre toujoure tard le soir. Papa et Amir, mon frère, la grondent souvan. Ils la traite de vilains noms. Maman aussi, elle dispute Parveen, mais pas avec des gros mots. Toutacou : BANG ! La porte d'entrée a claqué. Toule monde crier : maman, papa, Amir, Parveen. J'ai tiré la couverture sur ma tête. J'ai entendu un gro PAN ! Et encore un autre après : PAN ! Ensuite, la porte a reclaqué.

Sid est arrivé au bas de la page. Il a un goût amer dans la bouche, comme si sa salive avait tourné. Il ne peut pas aller plus loin. Il ne veut pas savoir ce qui s'est passé ensuite. Il est lâche.

Faut l'arrêter

LA MAIN DE FARIZA TREMBLE en tournant la page. Sa petite voix fragile remplit la pièce silencieuse lorsqu'elle se met à lire :

— Je suis rester lontems caché sous la couverture, dans ma chambre. Mais j'avais très envi de fer pipi, alors je me suis levé et j'ai ouver la porte. Maman et Parveen été couchés partere dans le salon. J'ai esseiller de les réveiller mais je n'ais pa réussi. Alors j'ai crié et madame Marshall, qui abite dan l'appartemant à côté, est entrer. Elle m'a éloigné de maman et Parveen. J'ai entendu des sirène. Madame Marshall m'a emené chezel et elle m'a fé du té avec baucou de sucre. Les policiers sons venu me parler. Je leur ai di que papa et Amir avé disputé Parveen, et maman aussi. Je leur ai di pour les deux gro « PAN ».

J'ai dormi sur le canapé bleu de madame Marshall et le lendemin, une dame est arriver. Elle m'a di que maman et Parveen été morte. Je voulai voir papa, mais c'été impossible parce qu'il es en prison, come Amir. Alors, j'ai di à la dame que je resteré ché madame Marshall, mais je n'ai pa pu, parce que madame Marshall, elle a déja 2 zemplois et 3 peti zenfant. J'ai habité ché des étrangés. J'ai toujour di « s'il te plaît » et « merci », pour que papa et maman soie fiers de moi.

Et elle referme le cahier.

Sid ne sait que dire, que faire. Son petit déjeuner lui remonte dans la gorge, mais il le ravale. Fariza ne bouge pas, silencieuse, les mains posées sur le cahier.

— Est-ce que tu me détestes, maintenant ? demande-t-elle enfin.

— Te détester ? Mais pourquoi ?

— À cause de ce que j'ai fait.

Elle se met à pleurer, en balançant le buste d'avant en arrière. Ses sanglots ressemblent aux miaulements plaintifs d'un chaton blessé. Sid voudrait la serrer dans ses bras, mais il a peur de l'effrayer. Elle se glisse sur ses genoux et enfouit son visage dans son T-shirt, tandis qu'il cherche désespérément des mots. Il comprend maintenant pourquoi elle a choisi de ne plus parler. Les mots sont tellement inappropriés, tellement impuissants face à une douleur si grande. Les mots ne peuvent pas protéger, ils sont incapables de guérir les blessures, d'étancher la soif, de caresser des cheveux, d'essuyer des larmes. Les mots sortent de la bouche puis s'envolent. Néanmoins, Sid doit essayer.

— Non, non, non, parvient-il enfin à murmurer. Tu n'as rien fait de mal !

— Mais je ne me suis pas levée, gémit-elle. Je n'ai pas aidé maman et Parveen. Et j'ai tout dit aux policiers, pour papa et Amir…

— Tu as bien fait de rester dans ta chambre. Je ne crois pas que tu aurais pu aider ta maman, ni Parveen. Et ce n'était pas mal de dire la vérité à la police. Surtout si ton papa et ton frère ont fait du mal à ta maman et à ta sœur.

Il aimerait lui dire tant de choses, par exemple : « Ton père et ton frère sont des monstres, ils t'auraient tuée. Tu es mieux ici. » Peut-être pourra-t-il lui dire un jour ? Pour l'instant, il cherche quelque chose de simple, d'innocent, qui puisse la réconforter. Et il pense à cette chanson que Megan fredonnait quand il était grognon ou contrarié. Elle l'apaisait. Il se rappelle les paroles :

When you're down and troubled
And you need a helping hand
And nothing, nothing is going right

Au couplet évoquant les malveillants qui tentent de voler l'âme des plus faibles, il regrette d'avoir choisi cette chanson, mais il la termine quand même :

Ain't it good to know you've got a friend ?
You've got a friend.[1]

Il se tait. Fariza s'est endormie dans ses bras. Il se lève pour la porter dans sa chambre, lorsqu'il entend des applaudissements.

— Bravo ! Superbe chanson de vieux babas-cool naïfs ! M'étonne pas que tu la connaisses par cœur ! T'as quel âge, déjà ? Soixante piges ? ricane Gauvain.

— Ferme-la ! siffle Sid en le frôlant.

Il fait très attention à ce que Fariza ne touche pas la porte, puis il grimpe l'escalier, la dépose dans son lit, et installe Fred près d'elle, sous la couette. Quand il redescend, Gauvain a disparu et Megan est dans la cuisine, en train de nettoyer le plan de travail.

— Caleb a prévu de vous emmener sur le *Caprice* aujourd'hui. Elizabeth, Fariza et moi allons déjeuner avec Irena et Chloé. Où est-elle d'ailleurs, la petite ?

— Elle était fatiguée, alors je l'ai recouchée. Tu sais comme elle est grognon quand elle n'a pas assez dormi.

Megan hoche la tête.

— J'ai l'impression que quelques heures de sommeil en plus ne te feraient pas de mal, à toi aussi. Tout va bien, mon grand ?

---

1. *Quand tu es déprimé et inquiet,/Quand tu as besoin qu'on te tende la main/Et que rien ne va, rien ne va./N'est-il pas bon de savoir que tu as un ami ?/Tu as un ami.* Paroles de la chanson *You've got a friend,* de Carole King.

210

Le poids de l'histoire de Fariza le suffoque, mais il répond simplement :

— Oui, je n'ai pas très bien dormi cette nuit. Ça ne me dit pas grand-chose de faire du bateau aujourd'hui. Tu crois que Caleb serait fâché si je ne venais pas ?

— Tu sais à quel point c'est rare qu'il prenne un jour de congé en cette saison, répond-elle. Il tient vraiment à cette sortie. Il pense que ça pourrait vous aider, Gauvain et toi.

— Nous aider à quoi ?

— À comprendre votre lien…

— Pas la peine. J'ai compris. On a de l'ADN en commun, point final.

— Sid, c'est bien plus que ça, tu le sais.

— Non. Pas si je n'en ai pas envie. Gauvain est un abruti.

— Exact, mais pas toujours.

Elle plie la lavette et la pose sur le mitigeur.

— Fais un effort, continue-t-elle. Pour Elizabeth.

— Pour Elizabeth ?

— Elle trouve que tu fais du bien à Gauvain.

— Tu plaisantes ? Il pense que je suis un raté. Il vient juste de me traiter de vieux baba cool naïf ! Ce garçon est un malade mental. Je n'attends qu'une chose : qu'il parte !

— Et Elizabeth ?

— J'irai lui rendre visite, et elle pourra revenir chez nous quand elle le voudra.

— Sa vie est à Victoria, Sid. La tienne est ici. Le pont qui vous relie, c'est Gauvain. Penses-y.

— Un pont duquel j'ai envie de sauter, oui !

— Sid !

Megan sourit, mais un soupçon de reproche flotte dans sa voix.

— OK, OK ! consent-il. Mais je vais faire un tour de vélo avant. Préviens Caleb que je serai de retour dans une heure.

Caleb klaxonne, alors que Sid est en train de descendre l'escalier, une glacière dans les bras. « Hors de question que Gauvain monte devant », songe-t-il. Le siège passager du minibus est recouvert d'une vieille serviette de bain, un casier à crabes a été abandonné à l'arrière. L'odeur à l'intérieur est si forte qu'on a l'impression d'être dans une brasserie implantée dans une usine de conditionnement de poisson. Des gilets de sauvetage orange sont empilés sur des cartons remplis de bouteilles vides. Des cordes s'emmêlent autour de bottes jaunes, dans lesquelles sont glissées des cartes.

C'est toujours la même chose : quand Caleb revient d'une croisière de pêche, il jette tout son attirail à l'arrière et fait le tri après avoir emmené ses clients boire une dernière bière.

Sid déplace un seau contenant un cadavre de poisson pour charger les provisions.

— Tu le gardes, celui-là ? demande-t-il en soulevant le seau.

Caleb se retourne et grimace.

— Euh, non, on le jettera dans le port.

Sid s'installe à côté de lui et claque la portière au moment où Gauvain arrive. Il lance un regard furieux à Sid et pousse le piège à crabes pour s'asseoir.

— Ça pue, là-dedans ! lâche-t-il.

— Bienvenue dans mon monde ! s'écrie Caleb avec un large sourire.

Quand ils arrivent au bateau, il donne à chacun un gilet de sauvetage orange. Sid enfile le sien sans rechigner. Il connaît les règles. Pas Gauvain.

— C'est pour les lopettes ! ricane-t-il.

— Dans ce cas, je suis une lopette ! rétorque Caleb en enfilant le sien. Comme je dis toujours, mieux vaut être une lopette dans un gilet de sauvetage qu'une lopette noyée ! Tu veux venir avec nous, oui ou non ?

Gauvain remonte la fermeture Éclair du gilet, tandis que Sid et Caleb se préparent à larguer les amarres.

— Tu es déjà monté sur un bateau ? questionne Caleb.

— Quelquefois, ouais.

— Sa spécialité, c'est plutôt les canots, grommelle Sid.

— La seule et unique règle à bord est simple, continue Caleb. Le capitaine a toujours raison !

Gauvain pouffe de rire et se met au garde-à-vous. Caleb lève un sourcil :

— Rompez, matelot !

Le *Caprice* s'éloigne du quai et se dirige vers le chenal. Lorsqu'il passe l'îlot à l'embouchure de la baie, Sid annonce :

— Je vais me reposer, réveillez-moi pour le déjeuner.

Caleb acquiesce :

— On va se diriger vers les Narrows et passer par Ripple Rocks. Elizabeth veut qu'on lui ramène des photos, même s'il n'y a pas grand-chose à voir ! On mouillera derrière Maud Island.

— Parfait, approuve Sid.

Il descend, traverse la cambuse jusqu'à la proue du bateau, et ouvre une porte sur laquelle est accrochée une petite pancarte, écrite à la main : *le coin de Sid*. La minuscule cabine triangulaire est luisante de propreté. Il tend la main vers un modeste hamac qui fait office de table de nuit, en sort un chewing-gum au jus de fruits, et s'allonge sur la couchette, en faisant claquer son chewing-gum. Il se laisse bercer par le ronronnement du moteur, le clapot de l'eau contre la coque, et s'endort, comme souvent à bord du *Caprice*. Lorsqu'il se réveille, il se sent toujours régénéré, comme sous l'effet d'un médicament puissant et bénéfique.

Cette fois, il rêve qu'il plonge en apnée avec Devi dans un récif tropical paradisiaque. L'eau chaude transparente est habitée par une multitude de poissons qui ne semblent pas effrayés par les deux créatures gauches, portant masques et palmes, qui nagent à leurs côtés. Un énorme banc de poissons à tête d'aiguille les entoure. Soudain, Sid a peur qu'ils le blessent et il panique : son sang pourrait attirer les requins en embuscade.

Il regagne la plage en quelques énergiques coups de palmes, mais lorsqu'il se retourne, Devi a disparu. Il fait le chemin inverse en vain : aucune trace d'elle. Était-elle vraiment là, cinq minutes auparavant, à nager avec les poissons-clowns en se moquant de la frilosité de Sid ? Il hurle son nom, retire son masque et son tuba, et plonge dans le silence des profondeurs, effrayant au passage un banc de minuscules poissons jaunes, ainsi qu'une petite pieuvre dont les tentacules frottent son bras. Une tortue verte vient à sa rencontre, incroyablement gracieuse malgré son énorme carapace. Elle lui donne un petit coup de sa tête d'extraterrestre et se met à lui parler :

— Réveille-toi ! On mange.

Gauvain !

Pour la première fois, Sid est content d'entendre sa voix.

Ils ont jeté l'ancre derrière Maud Island. Caleb a déplié la table de cockpit et ouvert la glacière. Il prend un sandwich et un Coca.

— Servez-vous, les gars ! leur indique-t-il. Après déjeuner, on ira faire un tour à terre avec le canot.

Sid mord dans son sandwich à la dinde. Une mouette décrit des cercles au-dessus d'eux, à l'affût de quelques miettes.

— Tu devrais raconter à Gauvain comment le *Caprice* a été baptisé, suggère Caleb.

Sid devine qu'il essaie de l'aider à communiquer avec son frère, ce dont il n'a aucune envie, mais pour ne pas le contrarier, il obtempère.

— À vos ordres, capitaine ! Eh bien, voilà : à une époque, Megan était obsédée par un livre, *La Courbe du temps*[1]. C'est l'histoire d'une femme qui navigue avec tous ses enfants – elle en a une demi-douzaine, je crois –, et son chien, à la découverte des côtes. Son bateau s'appelle le *Caprice*. Pendant qu'elle prépare le dîner à bord ou qu'elle répare le moteur, elle envoie ses enfants à terre en canot, pour qu'ils jouent sur la plage.

Caleb continue le récit :

— Ces gamins ne portaient jamais de gilet de sauvetage. Ils buvaient l'eau des ruisseaux, se faisaient pourchasser par les ours, grimpaient des falaises recouvertes de mousse pour récolter des myrtilles. Ils franchissaient les rapides les plus dangereux. Un vrai miracle qu'ils aient survécu ! Ils volaient même des objets dans des villages indiens. Bien sûr, cela remonte à de nombreuses années et le monde était alors différent, mais à chaque fois que je pense à ces enfants en train de faire des parties de cache-cache dans des tombes abandonnées, j'ai le poil qui se hérisse ! « Un jour, Megan a décidé que ce serait amusant de refaire certaines des croisières décrites dans le livre. D'emmener des enfants du coin passer l'été sur l'eau, comme le font certaines associations caritatives. À l'époque, je n'avais pas monté mon affaire de croisière de pêche, et je travaillais en ville. Megan a étudié les cartes de long en large, et a quasiment appris le bouquin par cœur. Tu te souviens de ce fameux voyage, Sid ?

---

1. *The Curve of Time*, M. Wylie Blanchet, Seal Press, 1993. À ce jour, il n'existe pas de traduction en français.

Sid croque dans un cookie beurre de cacahuètes et chocolat : ses préférés.

— Oh oui ! s'exclame-t-il. Un vrai cauchemar ! Je me cachais dans ma couchette en espérant qu'une grosse tempête jetterait les trois autres par-dessus bord. Je n'avais que dix ans, ils étaient beaucoup plus vieux que moi et me prenaient pour un débile. Ils adoraient pisser sur le hublot de la cabine où j'étais réfugié, surtout dès que je l'ouvrais ! Pour eux, s'amuser se résumait à fumer un joint dès que Megan avait le dos tourné et à jeter des canettes sur les mouettes.

— C'est exact. Mais Sid a eu sa revanche ! annonce Caleb en tapotant le poignet du garçon avec son soda. Megan lui en a voulu, mais ces jeunes étaient vraiment trop désagréables.

— Qu'est-ce que t'as fait ? veut savoir Gauvain.

Depuis qu'ils sont arrêtés, il est étonnamment silencieux. C'est tout juste s'il a touché à son sandwich. Sid se demande s'il n'a pas le mal de mer. En vérité, il l'espère.

— J'ai piraté le *Caprice* ! lâche-t-il. On avait jeté l'ancre au large de Teakerne Arm. Les trois affreux étaient partis à terre avec le canot, expédiés par Megan, qui leur avait expliqué comment rejoindre un petit lac. Je crois qu'ils lui tapaient aussi sur le système ! Ils n'aimaient pas sa cuisine, ils râlaient parce qu'ils devaient dormir dans des couchettes, ils se plaignaient de ne pas avoir la télé, ni Internet. Elle s'est assurée qu'ils arrivent à bon port, puis elle est allée s'allonger. J'ai attendu qu'ils quittent la plage, et j'ai sauté par-dessus le garde-corps. Puis j'ai nagé jusqu'à la côte. Je me débrouillais bien, déjà. J'ai ramené le canot jusqu'au *Caprice*, j'ai levé l'ancre, démarré le moteur, et j'ai mis les voiles ! Le tout, sans réveiller Megan. J'ai dû grimper sur un casier à crabes pour être assez grand pour barrer. Une heure plus tard, elle a émergé de la cabine. Tu aurais vu sa tête !

Sid écarquille les yeux et dessine un « O » parfait avec ses lèvres.

— Elle était folle de rage ! Elle m'a arraché le gouvernail, on a fait demi-tour, et elle a mis les gaz. La nuit était tombée quand on est arrivés. Les trois types étaient dans tous leurs états. Morts de trouille ! Ils sanglotaient, appelaient leur maman, récitaient des prières. Megan m'a obligé à aller les chercher avec le canot, et à leur avouer ce que j'avais fait. J'étais sûr qu'ils allaient me tuer, mais ils étaient tellement soulagés d'être sauvés qu'ils ne s'en sont même pas pris à moi. Ils ne m'ont même pas jeté une canette à la figure ! La croisière s'est terminée le lendemain matin, et ils n'ont jamais parlé de cet incident. Je pense qu'ils avaient peur que je raconte à tout le monde qu'ils s'étaient comportés comme des lâches ! Après ça, ils n'ont jamais plus vu les « débiles » comme moi du même œil !

— Tu m'étonnes ! s'exclame Gauvain.

Et il se penche par-dessus la rambarde pour vomir.

À tout prix

GAUVAIN PASSE LE RESTE DE LA JOURNÉE allongé sur une couchette, à vomir dans un seau.

— Il n'a vraiment pas le pied marin, constate Caleb.

— Je pense qu'il n'a jamais eu de véritable occasion de naviguer, à part en barque ou en ferry, soupire Sid.

Gauvain, qui gémit à fendre l'âme, lui fait de la peine.

— On y est presque ! crie-t-il pour couvrir le bruit du moteur.

Au port, il aide Caleb à amarrer le *Caprice* à quai, puis il descend dans la cabine pour aider Gauvain qu'il trouve assis, la tête entre les mains.

— Tu es prêt ? On y va ?

Gauvain hoche la tête et se lève. Il manque de tomber et se rattrape au bras de Sid.

— Putain de rafiot de merde ! grommelle-t-il en grim-pant l'échelle.

219

Il s'écroule dans le cockpit comme un poisson mort, puis se traîne à quatre pattes jusqu'au garde-corps, auquel il s'agrippe pour se mettre debout. Sid s'efforce de ne pas rire. Gauvain semble hypnotisé par l'eau, luisante de gasoil. L'odeur nauséabonde d'un moteur tout proche lui provoque un haut-le-cœur.

Sid saute du bateau.

— Fais pas ça ! glapit Gauvain.

— Quoi ?

— Fais pas bouger le bateau !

Sid s'esclaffe.

— Tu viens ?

— Minute ! gémit Gauvain.

Il vomit dans l'eau noire, se redresse, et tend la main à Sid, qui l'aide à descendre sans faire de commentaire. C'est la première fois que Gauvain le touche sans avoir l'intention de le frapper. Dès qu'il a posé pied à terre, l'adolescent se jette dans le minibus de Caleb et se met en boule. Sid vide le seau et le place à côté de lui. Arrivé à la maison, Gauvain court, plié en deux, jusqu'aux toilettes.

Megan sort de son poste de commandement et referme la porte derrière elle.

— Fariza s'est endormie sur le canapé. La journée a été rude. Gauvain ne va pas bien ?

— Il a eu le mal de mer. Et Fariza ? Qu'est-ce qu'elle a ?

— Après votre départ, elle est montée chercher quelque chose pour me le montrer. Elle est redescendue dans tous ses états. Elle répétait « Il a disparu ! Il a disparu ! » Elle n'a jamais voulu me dire de quoi il s'agissait, du coup, comment voulais-tu que je l'aide à le retrouver ? Elle a passé l'après-midi assise à la fenêtre, en pleurs. Elle t'attendait. J'ai fini par la persuader de s'allonger, et elle s'est endormie. Vous vous êtes bien amusés ?

— Oui. C'était sympa. Sauf quand Gauvain vomissait. Je lui ai raconté la mésaventure des trois types que j'avais abandonnés à Teakerne Arm. Et ton déjeuner était délicieux.

— Merci, mon grand. Quand Fariza sera réveillée, tu pourras peut-être l'aider à résoudre l'énigme du mystérieux objet qu'elle a perdu ?

— Je le ferai, promet Sid.

Mais pour lui, il n'y a ni énigme ni mystère. Fariza cherche son cahier, qu'elle a laissé sur la table du salon après l'avoir lu à Sid. Les suspects sont peu nombreux. Très peu nombreux.

Le dîner est calme. Elizabeth est chez Irena. Après avoir répété qu'elle voulait se reposer, il s'avère qu'elle préfère l'action. En Irena, elle a trouvé, si ce n'est une âme sœur, du moins une camarade de jeu. Aujourd'hui, elles ont fait de la confiture. Ce soir, elles sortent dîner avec des amies d'Irena, qui se surnomment les Panthères roses. Personne ne sait exactement pourquoi. Elizabeth a été élue membre honoraire de cet éminent club féminin. Sid se demande si Chloé les a aidées à préparer la confiture, ou si elle a passé la journée avec ses amies. Peut-être sont-elles au cinéma en ville ?

Ou sur la plage, devant un feu de camp, en train de griller des chamallows ou de boire de la bière ? Il n'aime pas sortir avec les gens que fréquente Chloé, mais tout de même, il préférerait être avec eux plutôt qu'à table avec Megan, Caleb et la silencieuse Fariza. Gauvain fait des allers-retours entre sa chambre et les toilettes. Sid va devoir patienter, avant de lui faire avouer où il a caché le cahier de Fariza.

Le lendemain matin, lorsqu'il descend déjeuner, Elizabeth est au téléphone, assise dans le poste de commandement de Megan. Elle se tient voûtée, le dos à la porte, et parle à voix basse. Mais Sid surprend quelques mots : « hôpital, Gauvain, médicaments ». Pas besoin d'être devin pour comprendre : Devi est de retour.

Megan confirme ses soupçons :

— Elizabeth veut prendre la route aujourd'hui. Gauvain n'est pas encore au courant. Je lui ai suggéré de rester un jour ou deux, le temps que l'état de Devi se stabilise, mais elle est catégorique : elle part. Je peux comprendre, Devi est sa fille, mais Gauvain a besoin de temps pour s'adapter. Je lui ai dit qu'elle pouvait nous le laisser un peu. Pourquoi pas jusqu'à la rentrée ?

— Le laisser ? Mais Devi est sa mère, sa place est avec elle.

— Elle ne peut pas s'en occuper pour l'instant. Nous avons une chambre pour lui. Et du temps aussi.

Sid ouvre la bouche pour émettre une objection, mais Megan ne lui en laisse pas l'opportunité :

— Nous avons toujours procédé ainsi, tu le sais.

— Oui, mais là, c'est différent. Tu le sais aussi.

— En quoi est-ce différent ? Parce que Gauvain est ton frère ? Je comprends ce que tu ressens, Sid. Vraiment. Mais raison de plus pour l'aider. Ta grand-mère ne pourra pas s'en occuper, il va falloir qu'elle se consacre à Devi. Et Phil n'est pas prêt à le prendre en charge. Entre nous, comment le blâmer ? Tu préfères que Gauvain rentre chez lui, et se mette en grave danger ?

Sid secoue la tête. Il sait qu'il ne sortira pas vainqueur de cette discussion. Tout ce qu'il peut espérer, c'est que Gauvain refuse de rester.

Elizabeth sort du poste de commandement. Ses cheveux flottent sur ses épaules, elle semble avoir rétréci. À moins que ce ne soit une illusion, car sur sa longue chemise de nuit blanche, elle porte l'immense veste en fourrure polaire élimée de Caleb. Elle esquisse l'ombre d'un sourire.

— Excusez ma tenue. Je suis descendue en vitesse pour répondre au téléphone, mais j'étais gelée et j'ai attrapé le premier vêtement qui m'est tombé sous la main. J'ai une de ces migraines… Je n'aurais jamais dû sortir aussi tard, surtout avec cette équipe de « super-mamies ». J'ai beau être la grand-mère de Vitaforme, je n'arrivais pas à les suivre !

— Restez au moins encore une journée, suggère Megan. Devi est hospitalisée, n'est-ce pas ?

— Oui. Elle était à la maison quand Phil est rentré de Vancouver. Il l'a trouvée dans son studio, en train de fracasser ses œuvres à coups de marteau. Il dit qu'elle n'a plus que la peau sur les os, et qu'elle est très déprimée. Il l'a conduite à l'hôpital, où elle a été admise en psychiatrie. Elle a déjà séjourné dans ce service. Ils l'ont mise sous lithium.

Des larmes roulent sur ses joues.

— Ma pauvre petite fille, elle a ce médicament en horreur, mais c'est le seul qui marche.

Megan entoure ses épaules et l'entraîne à la cuisine.

Sid les suit et prépare des toasts pour tout le monde.

— Je réveille Gauvain ? demande-t-il, après avoir beurré la dernière tranche de pain.

Il dépose le plat sur la table, avec le beurre de cacahuètes et un pot de la confiture qu'Irena et Elizabeth ont confectionnée la veille.

— Et Fariza aussi ?

— Non. Laisse-les dormir, dit Megan. Ils en ont besoin. Fariza est contrariée : elle a perdu quelque chose, explique-t-elle à Elizabeth. Les jours se suivent et ne se ressemblent pas. J'étais si contente qu'elle se soit mise à parler. Mais elle a encore beaucoup de chemin à parcourir.

— Je sais ce qu'elle a perdu, déclare Sid. Et je suis presque certain de savoir où le retrouver.

Il ne veut pas accuser Gauvain, il veut simplement récupérer ce cahier avant qu'il ne parte.

« Après, les choses reprendront leur cours normal. » Mais à peine cette pensée l'effleure-t-il qu'il comprend que c'est impossible. Dès l'instant où Phil a franchi le seuil de la porte, la normalité a disparu. « *Hasta la vista, baby !* *Sayonara !* » La vie normale a pris la clé des champs. Une image s'impose à son esprit, celle du pauvre Billy, traînant des pieds au milieu d'une prairie. La légende titre : *L'adieu à Normalcity.* Au revoir, Billy. Bonjour, Sid.

— J'y vais pas.

Gauvain est assis dans la cuisine, vêtu d'un T-shirt et d'un caleçon, une tartine de confiture à la main.

— M'oblige pas.

Sid réfléchit à cette phrase tout en considérant les adultes autour de la table. Gauvain est grand et costaud pour son âge. Caleb arriverait à le faire monter de force dans la voiture d'Elizabeth, ça ne fait aucun doute. Mais il est déjà reparti pour une nouvelle croisière. Sid se représente Megan et Elizabeth en train de transporter Gauvain à bout de bras, et cette pensée le fait pouffer. Parviendraient-elles seulement à le soulever ? Il en doute.

— Qu'est-ce qui te fait marrer ? grogne Gauvain.

— Rien, répond-il.

Mais l'image trotte dans sa tête, comme une scène extraite d'un mauvais film d'horreur : Elizabeth tient son frère par les bras, Megan par les pieds, Gauvain se tortille pour leur échapper, en grinçant des dents et en hurlant. Mieux que *La Vengeance de la momie !* Cette fois, Sid éclate franchement de rire. Megan lui jette un regard désapprobateur en fronçant les sourcils. L'heure n'est pas à l'humour.

Il range la vaisselle sale dans le lave-vaisselle et se tourne vers elle.

— Tu as encore besoin de moi ?

Elle secoue la tête.

— Dans ce cas, je vais aller faire un tour à vélo. Et après, je m'arrêterai peut-être chez Chloé. Quel ferry allez-vous prendre ? demande-t-il à Elizabeth.

— T'as pas entendu ? s'exclame Gauvain. J'y vais pas !

— Celui de quinze heures peut-être, répond Elizabeth. Je ne suis pas sûre. Je voudrais aller dire au revoir à Irena. Vous avez tous été si gentils…

Elle tend le bras et pose sa main sur celle de Sid.

— Tu seras rentré avant notre départ ?

— Bien sûr.

— Parfait, approuve-t-elle en se levant. Avec votre permission, je vais aller prendre un bain dans votre jolie baignoire, avant de commencer mes préparatifs. La vue est si belle, tout ce ciel et cet océan… Gauvain, mon chéri, pourquoi ne vas-tu pas te doucher ?

— J'ai pas besoin. T'es sourde, mamie ? J'y vais pas. Je veux rester ici.

Sa voix a perdu son arrogance, elle ressemble à celle d'un petit garçon qui supplie ses parents de ne pas l'envoyer au lit.

— J'aimerais bien pouvoir rester, soupire Elizabeth. Vraiment. Mais ta mère a besoin de nous.

— De toi, peut-être ! siffle-t-il en s'éloignant brusquement de la table.

226

Sa chaise bascule, il lui donne un coup de pied, et sort en courant de la cuisine.

Elizabeth enfouit sa tête dans ses mains.

— Je ne vais pas y arriver, murmure-t-elle.

— Laissez-nous faire, suggère Megan. Gauvain peut rester ici. Je vous le ramènerai en voiture avant la rentrée. Croyez-moi, je suis habituée à ce genre de comportement. Vous auriez vu Sid au même âge !

Elle roule des yeux.

— Le roi des sautes d'humeur ! Il battait toutes les adolescentes en crise.

— Je n'ai jamais été comme ça ! proteste Sid, outré.

Mais il sait qu'elle dit vrai. Il pouvait passer des journées entières sans prononcer un mot, et ensuite, il se disputait avec Megan, Caleb ou l'un des enfants présents à la maison. Toujours pour des bêtises : une visite chez le coiffeur, par exemple, une lessive à faire, ou un horaire de coucher à respecter.

— Qu'est-ce qui l'a aidé ? interroge Elizabeth.

— Je ne suis pas sûre. Sid est probablement mieux placé pour répondre. Sid ?

Il réfléchit une seconde.

— Dessiner m'a aidé. Beaucoup. Me balader à vélo, et Chloé, bien sûr. Donner des coups de main à Caleb sur le bateau, aussi. Aujourd'hui, j'essaie de ne plus passer mes humeurs sur les autres. Gauvain n'en est pas à ce stade.

« Et il n'y arrivera sûrement jamais ! » songe-t-il. Mais ce serait cruel de le dire tout haut.

— Laissez-lui du temps, conclut Megan.

Sid va jusqu'au lac, mais ne se baigne pas. C'est l'une des règles incontournables de Megan et Caleb : on ne nage jamais seul. Bien sûr, ils ne seraient pas au courant, mais il n'a pas envie de se mouiller. Ni de trahir leur confiance. Il a simplement envie d'être un peu seul, d'écouter le clapotis de l'eau qui lèche le rivage, de faire rouler les petits cailloux de la plage entre ses doigts, d'observer les libellules qui volent en rase-mottes à la surface du lac. Il reste assis une heure, le visage au soleil. « J'aurais dû mettre de la crème solaire, songe-t-il. Ou emporter une casquette. Je vais rôtir si je prends racine ! » Il enfourche son vélo et hésite à passer chez Chloé pour la prévenir que Gauvain et Elizabeth partent.

Il s'arrête au bout de la longue allée. Il a passé la moitié de son enfance dans ces murs. Pourquoi n'ose-t-il pas faire ce qu'il a fait des milliers de fois : foncer jusqu'à la porte, l'ouvrir et crier : « Il y a quelqu'un ? » Peu importe qui est là – Chloé, Irena ou Esther –, la réponse est toujours la même : « Entre, Sid ! » Puis, on lui offre une boisson fraîche quand il fait chaud, ou l'inverse. Esther est dans la salle à manger, en train de jouer une vieille chanson au saxo, ou alors elle lit, pelotonnée dans le fauteuil, près de la fenêtre, en sirotant un verre de vin. Parfois, c'est Irena qui l'appelle, pour qu'il vienne l'aider à préparer le dîner. Il restera le déguster avec eux. Souvent, Chloé l'entraîne dans sa chambre et lui demande son avis sur une nouvelle coupe de cheveux, ou sur un acteur d'une série télé qu'il ne connaît pas. Elle finit toujours par critiquer sa famille, ce que Sid trouve aberrant.

Mais aujourd'hui, il retire la main de la poignée en laiton, donne deux petits coups sur la porte, et attend.

— Qu'est-ce qui te prend ? gronde Chloé, sourcils froncés, en lui ouvrant. Depuis quand tu as besoin de frapper ? J'étais en train de me faire les ongles, à cause de toi, j'en ai mis partout.

Elle soulève sa main droite : effectivement, le vernis est strié et abîmé.

— C'est malin, maintenant il va falloir que je recommence !

Sid fait une mimique :

— Désolé ! Mais dis-moi, tu deviens gothique ?

En général, Chloé se surnomme Rose Bonbon, ou Pink Lady, des allusions à des films que Sid n'a pas vus, et qu'elle doit lui expliquer. Il lui arrive de mettre du vernis noir pour Halloween, mais jamais en plein mois d'août.

— J'y pense ! rit-elle. Le look de Dita von Teese me tente assez. Tu vois ce que je veux dire ? Cheveux noirs, une tonne de mascara et une bonne couche de rouge à lèvres bordeaux. Craig la trouve super sexy.

— Si je savais qui est cette Dita Machin Chouette, je pourrais te donner mon avis, lance Sid. Mais ça m'embêterait que tu te teignes en noir. Tes cheveux sont magnifiques.

« Et Craig est un abruti », aimerait-il ajouter.

Chloé rougit et passe la main dans ses mèches brillantes :

— Tu trouves ?

— Oui, mais tu viens de leur mettre du vernis à ongles...

— Et crotte !

Elle claque la porte et se dirige d'un pas vif vers sa chambre.

— Arrive ! ordonne-t-elle à Sid. Tu vas me mettre du vernis sur les pieds.

M'oblige pas

— Ça te dirait de travailler dans notre institut ? demande Chloé.

Elle est assise sur son lit, les pieds posés sur une serviette bleue. Sid est penché sur ses orteils. Elle a raison sur un point : il est doué pour appliquer le vernis à ongles. Il ne tremble pas, même si toucher la peau douce de Chloé le fait transpirer. Mais pas question d'accepter la proposition de son amie : il imagine déjà la réaction de Gauvain !

— Je suis sérieuse, là. Maman m'a autorisée à m'installer devant la maison. On réservera nos soins aux adolescents. L'institut va s'appeler *Spaaaah !* Tu comprends le sous-entendu ? « Aaaah, c'est super relaxant, ici ! » Fariza sera mon assistante. On va proposer des masques de beauté cent pour cent naturels, au chocolat ou au citron, un gommage à la canneberge, mais que pour les bras et les jambes, des poses de vernis sur les mains et les pieds. Irena dit qu'on ne peut pas faire d'enveloppement aux algues ou de massage aux pierres chaudes, parce qu'on pourrait engager des poursuites contre nous.

— Comment as-tu appris à faire tout ça ?

— YouTube, plus un article dans un vieux numéro d'un magazine féminin. En même temps, c'est moins compliqué que la physique quantique.

— Ou la chirurgie du cerveau ! complète Sid.

C'est un clin d'œil à une expression qu'ils ont inventée lorsqu'ils étaient petits, pour qualifier quelque chose de difficile : « C'est de la physique quantique pour la chirurgie du cerveau ! » avaient-ils l'habitude de dire.

Il se redresse et visse le bouchon noir :

— Voilà, c'est fini !

Chloé se penche sur ses pieds. Le vernis n'est pas vraiment noir, bleu profond plutôt. *Marine russe*, annonce l'étiquette sur le flacon.

— Joli travail ! approuve-t-elle. Très glamour. Alors, on t'embauche ?

Sid secoue la tête :

— Non, je serais nul pour bavarder avec les clientes.

Chloé remue les doigts de pieds dans sa direction.

— Tu as probablement raison. Tu pourrais peut-être nous dessiner une affiche, alors ? Ou des prospectus ? J'en laisserai à l'arrivée du ferry et à la supérette.

— Ça, d'accord. Je m'en occuperai dès que Gauvain sera parti.

— Ah bon, il part ? Quand, ça ?

232

— Aujourd'hui. Devi est rentrée. Ils l'ont hospitalisée. Elizabeth veut se mettre en route tout de suite, elle pense prendre le ferry de quinze heures. Gauvain a dit qu'il n'irait pas, du coup, Megan lui a proposé de rester. Je suis parti avant qu'ils aient tranché.

— Si ma mère était malade, j'aurais envie de rester près d'elle.

— Oui, sauf que ta mère n'est pas dingue !

— Passe une semaine avec elle et on en reparle ! Tu te souviens que Devi est ta mère, à toi aussi ?

Sid la contemple, effaré :

— Hé ! De quel côté tu es, Chloé ? Devi n'est pas ma mère !

Elle retire les boules de coton entre ses orteils et enfile ses tongs.

— Gauvain et toi, vous êtes pareils : vous vous comportez comme des gosses de cinq ans !

Elle fait semblant de pleurer, en serrant les poings :

— Bou-ou-ouh ! Je m'en vais, parce que ma famille n'est pas parfaite !

— C'est faux ! Je ne fuis rien !

Mais, à l'instant où il prononce ces paroles, il se rend compte qu'il ment.

— Ah oui ? Alors, qu'est-ce que tu as l'intention de faire ? Passer la journée chez moi ? Allez, zou, on y va !

Elle l'attrape par le bras, lui fait franchir la porte, et l'entraîne dans l'escalier.

— Va me chercher mon vélo pendant que je laisse un mot à ma mère.

— Quelle autorité !

— Mais c'est ce que tu aimes, chez moi ! réplique-t-elle. Dépêche-toi !

« C'est la vérité, songe-t-il en sortant le vélo de Chloé du garage. J'adore son côté cheftaine. » Et ce n'est pas le seul trait de son caractère qu'il apprécie. Elle sait toujours quoi dire, quoi faire : « On construit un château fort ! On va au lac ! Attention aux cacas de chien ! Arrête de lécher la pâte des cookies ! Fais-moi les ongles ! Va me chercher mon vélo ! » Il se demande si c'est mal d'aimer se faire diriger.

Chloé sort de la maison et se met en selle.

— En route, ne perdons pas de temps !

Il la suit dans l'allée. Les feuilles du peuplier bruissent dans la brise. Un relent d'engrais aux algues, avec lequel Irena arrose ses framboisiers, flotte dans l'air. Il aimerait s'arrêter et ramasser des fruits, mais Chloé, qui pédale en danseuse, est déjà loin devant.

Lorsqu'ils arrivent chez lui, Elizabeth les accueille sur le perron :

— J'allais appeler chez toi, Chloé. Gauvain a disparu. Megan est partie à sa recherche avec ma voiture. Je suis restée ici pour garder Fariza, qui est très contrariée et ne cesse de te réclamer, Sid. Peux-tu lui tenir compagnie pendant que je vais chercher Gauvain ?

— C'est moi qui vais rester, madame Eikenboom, décide Chloé. Allez avec Sid, je m'occupe de Fariza.

234

— Tu es sûre ?

— Certaine.

Elle laisse Sid avec sa grand-mère, ouvre la porte, et lance d'une voix sonore :

— Fariza ! Descends, la puce, on va préparer des Esquimaux ! Et après, tu pourras me faire des tresses !

— Depuis combien de temps il est parti ? se renseigne Sid.

Elizabeth hausse les épaules :

— On ne sait pas. J'ai passé un bon moment dans la baignoire, puis j'ai bu une tasse de café avec Megan. Je pensais qu'il préparait ses bagages en haut, mais lorsque je suis montée, la chambre était vide. Megan est partie depuis une heure. Il n'a pas pris de vélo, il ne peut pas être bien loin, n'est-ce pas ? À moins qu'il ait fait du stop ? Oh, Sid, je suis trop vieille pour tout ça !

Sid s'accroupit près d'elle. Aujourd'hui, elle paraît âgée, comme si elle s'était dégonflée. Elle ne ressemble plus du tout à la grand-mère de Vitaforme. Elle a attaché ses cheveux en une queue-de-cheval rabougrie. Les rides sur ses joues paraissent plus profondes que lorsqu'il l'a rencontrée. Ses yeux, aux paupières tombantes, sont fatigués.

— Reste à la maison, lui dit-il. Je crois que j'ai deviné où il est, et ce sera plus facile pour moi d'y aller seul. Dès que je l'ai retrouvé, je te le ramène ici, et je le mets dans ta voiture, ça te va ?

Il file dans la cuisine pour remplir sa gourde et prendre une nectarine.

— Chloé ? appelle-t-il. J'y vais. Elizabeth reste là. Comment va Fariza ?

La voix de son amie résonne dans l'escalier :

— Ça va. Je suis en train de lui lire une histoire. Bonne chance !

Sid bondit sur son vélo et pédale jusqu'au quai, où il emprunte une barque à l'un des pêcheurs. Dix minutes plus tard, il tire le canot sur la plage de l'îlot rocheux. Un kayak bleu est attaché à une branche basse d'arbousier.

— Gauvain ! crie-t-il. Je sais que tu es là ! Ça commence à être lassant, à force !

Il remonte la plage et suit le sentier qui fait le tour de l'île, bien plus petite que celle de Jimmy Chicken. Elle n'a même pas de nom. Une odeur de fumée le surprend.

— Qu'est-ce qu'il fout ?

Il se met à courir, trébuche sur une racine. À la pointe de l'île, il trouve Gauvain dans une clairière, penché sur un feu de camp qu'il alimente avec des brindilles.

— Tu es malade ! hurle Sid. On est en plein mois d'août ! C'est interdit de faire du feu !

Gauvain se retourne.

— Bonjour, monsieur le garde forestier ! lance-t-il. Désolé, je ne pensais pas que vous seriez fâché. Entre nous, votre île, c'est un peu une poubelle.

Sid cherche un récipient pouvant contenir de l'eau, mais ne voit qu'un vieux pot de yaourt. Il le remplit et le vide sur le feu maigrelet. Heureusement, Gauvain n'a pas le talent d'un scout expérimenté. Sid enchaîne les allers-retours

236

entre la plage et la mer jusqu'à ce que le brasier soit éteint. Gauvain ne bouge pas d'un pouce – ni pour l'arrêter ni pour l'aider –, jusqu'à ce que Sid lui ordonne d'étouffer les braises avec du sable et des galets. Quand il est sûr qu'il n'y a plus aucun danger, il s'écroule sur un rocher et lâche :

— T'es vraiment qu'un p'tit con !

Pas de réponse.

— C'est toi qui as pris le cahier de Fariza ?

Gauvain fait oui de la tête et s'assied à côté de Sid, qui s'écarte aussitôt. Il est tellement en colère qu'il doit serrer ses mains l'une contre l'autre pour ne pas frapper son frère. Même à cette distance, il sent la chaleur de son corps, et sa transpiration aussi !

— Tu pues ! siffle-t-il. Où est le cahier de Fariza ?

— À la maison. Sous mon lit. Sauf ça !

Il fouille la poche arrière de son jean, et en sort des pages froissées qu'il tend à Sid.

— J'ai pris le cahier pendant que tu la portais dans sa chambre. J'ai entendu quand tu as lu son histoire, et je n'arrêtais pas d'y penser. Ce qu'elle a dû avoir peur ! Et encore maintenant. Tu te rends compte ? Sa mère est morte, sa sœur aussi, et c'est son père et son frère qui les ont tuées ! Je me suis dit que si je brûlais ces mots, ça soulagerait peut-être sa peine. Devi a fait ça, un jour. Elle a brûlé des lettres qu'elle avait reçues de mon père. Elle a récité une prière dans la fumée, puis elle a chanté une chanson hindoue. Après, elle était plus calme. Alors, j'ai eu une idée… L'idée de faire pareil… Laisse tomber, c'était débile.

Il se détourne, le dos courbé.

— Tu as pensé que tu aiderais Fariza en brûlant son histoire ?

Sid parle lentement. Il veut être sûr qu'il a bien compris. Il déteste l'admettre, mais il croit saisir ce que voulait Gauvain. Quand il était petit, Megan disait toujours : « Mets tes soucis dans une bulle de savon, et regarde-les s'envoler au loin. » C'est un peu le même principe, sauf pour la touche ésotérique de Devi que Sid n'aime pas.

Gauvain acquiesce.

— Je me suis imaginé que je serais une sorte de chamane, sur une île, dans la nature sauvage. J'ai pensé que ça l'aiderait, comme ça avait aidé Devi.

Sid lisse les deux feuilles dans ses mains.

— Je comprends.

— C'est vrai ?

— Il me semble, oui.

Il ne s'écarte pas lorsque Gauvain se laisse aller contre lui.

— Je ne voulais pas aggraver les choses, murmure-t-il. Elle est vraiment fâchée ?

— Très. Mais je vais lui rendre son histoire en lui précisant que tu voulais l'aider. Ou mieux, tu vas le lui dire toi-même. Tu te sens prêt à le faire ?

Gauvain hoche la tête.

— Ouais. Enfin, je peux essayer.

— Bonne chance pour lui expliquer l'affaire du chamane !

Sid se lève et se dirige vers la plage. Gauvain le suit, en shootant dans des cailloux.

— Peut-être qu'on pourrait organiser une petite cérémonie, dans le jardin, derrière la maison ? propose Sid. Ça pourrait marcher. On lui raconterait que c'est une coutume de l'île : chacun écrit ses peines sur un bout de papier, on les brûle, et on les regarde partir en fumée.

Gauvain le rattrape en courant :

— Tu ferais ça ?

Sid réfléchit un moment.

— Oui. Je crois. À condition que tu lui avoues que c'est toi qui as arraché ces pages de son cahier.

Ils retournent au port en silence, Sid dans la barque, Gauvain dans le kayak. Sid l'aide à tirer l'embarcation jusqu'à sa place à quai. Personne ne semble s'être aperçu de sa disparition.

— Tu as de la veine, tout de même ! s'exclame Sid.

— Quoi ?

— Le canot l'autre jour, et maintenant, le kayak, ça fait deux bateaux empruntés sans permission et sans te faire pincer !

— Tu vas me dénoncer ?

— Sûrement pas. On a d'autres soucis, non ?

— Ouais.

Gauvain traîne les pieds derrière Sid, le long du quai.

— C'est toi qui as eu de la veine, assène-t-il soudain.

— Moi ?

— Ouais, de grandir ici, avec Megan et Caleb.

— Je sais.

— Elle te manque, Devi ?

— Non, je m'en souviens à peine.

— Je crois que toi, tu lui manques.

Sid s'arrête net. Gauvain se cogne dans son dos.

— Qu'est-ce qui te fait dire ça ? Elle ne m'a pas vu depuis quatorze ans. Elle m'a abandonné ici.

— Elle te dessine.

— Comment ça, elle me dessine ? Elle ne sait pas à quoi je ressemble.

— L'un de ses carnets à dessin est rempli de croquis de gamins : des bébés, des tout-petits, des écoliers. Que des Blancs, avec tes yeux, et tes boucles. Rien à voir avec moi.

Sid ne sait que répondre. Il est sonné. Donc, pendant toutes ces années, Devi a pensé à lui, s'est demandé à quoi il ressemblait ? Mais à ce qu'il sait, elle n'a jamais essayé de le reprendre. Elle a laissé Megan et Caleb devenir ses parents. Cela fait-il d'elle une bonne ou une mauvaise mère ?

— C'est pas une mauvaise mère, continue Gauvain, comme s'il lisait dans ses pensées. Enfin, pas vraiment. Je sais qu'elle m'aime, mais on ne peut pas… compter sur elle. Un jour, elle me glissera un petit mot gentil dans ma boîte à sandwichs avant de partir travailler à la galerie, et le lendemain, elle sera incapable de sortir de son lit. Ou alors, elle ira au bar et ramènera un inconnu à la maison. Quand elle est dans un épisode maniaque, elle peut passer plusieurs nuits sans dormir. Quand elle est déprimée, il faut que j'appelle Phil ou Elizabeth pour qu'ils remplissent le frigo. Franchement, c'est dur.

— Je suis désolé. Peut-être que ça ira mieux, maintenant. Elizabeth a dit qu'ils l'ont mise sous lithium. C'est un médicament qui marche bien...

— Le lithium ! envoie Gauvain, comme s'il expulsait un crachat. Tu parles d'une solution ! Les effets secondaires sont violents. Elle finit toujours par arrêter de le prendre.

— Ah...

Ils marchent côte à côte jusqu'à la maison. La voiture d'Elizabeth est garée dans l'allée.

— Megan a dit que je pouvais rester, soupire Gauvain en montant pesamment les marches du perron. Mais Elizabeth ne veut pas.

— Je sais, répond Sid. Tu pourras peut-être revenir, quand ta mère ira mieux.

— Oui.

Mais soudain, Gauvain s'immobilise en haut de l'escalier :

— Ou alors, tu viens avec moi !

— Je viens avec toi ?

— Oui. Pour rencontrer maman. Peut-être qu'après, elle se sentira mieux.

Avant que Sid n'ait le temps de répondre, la porte vole et Elizabeth prend Gauvain dans ses bras.

— Tout va bien, mamie. Sid m'a retrouvé.

— Oh, merci, Sid ! s'écrie-t-elle. On est désolés de t'avoir causé autant de tracas, n'est-ce pas, Gauvain ?

— Ouais, désolé, grogne celui-ci.

— Dépêche-toi de faire tes bagages, le ferry part à trois heures.

Sid tend la main pour empêcher son frère de rentrer dans la maison.

— J'ai une idée, Elizabeth. Enfin, Gauvain et moi, on a une idée. Si tu peux attendre jusqu'à demain matin, je pars avec vous.

— Tu viendrais ? s'étrangle Gauvain.

— À une condition.

— Laquelle ? demande Elizabeth.

— Que Chloé nous accompagne.

Il fait une courte pause.

— Et que Gauvain ne fasse plus de fugue. Et aussi que personne ne nous force à rester quand on voudra rentrer.

— Ça fait trois conditions ! remarque Elizabeth. Mais elles me paraissent très raisonnables.

Elle les dévisage lentement, à tour de rôle. Deux fois.

— Je peux appeler Phil, pour le prévenir que nous n'arriverons que demain. Tout à l'heure, il m'a avoué que Devi était encore…

Elle cherche le mot juste.

— … confuse.

— En clair, elle est tellement shootée qu'elle ne me reconnaîtra même pas, grince Gauvain. Quant à toi, laisse tomber !

— Chut ! gronde Elizabeth. On n'a pas besoin d'entendre ça. Phil dit qu'elle refait surface peu à peu.

— On peut rester, mamie ? S'il te plaît…

Elizabeth hoche la tête.

— On prendra le premier ferry demain matin. Attention, pas de grasse matinée !

Gauvain pousse un cri de joie et la soulève comme si c'était une enfant. Il sautille sous le porche en la tenant dans ses bras.

— Lâche-moi ! Lâche-moi ! crie-t-elle.

Mais son visage rayonne.

— Je vais prévenir Megan, annonce Sid, pour être sûr qu'elle est d'accord. Toi, Gauvain, n'oublie pas que tu dois parler à Fariza de notre affaire.

— Je m'en occupe !

Et il repose aussitôt Elizabeth.

— De quelle affaire s'agit-il ? demande celle-ci en mettant de l'ordre dans ses cheveux.

Elle lisse son chemisier froissé par l'étreinte musclée de Gauvain.

— Un truc qu'on a prévu pour ce soir, élude Sid. Mais avant, il faut que je demande à Chloé si elle a envie de partir en voyage…

Maintenant, tu sais

Après le dîner, tous se retrouvent sur la terrasse, devant le coucher de soleil, excepté Fariza et Gauvain. Sid a expliqué son plan à Elizabeth, Chloé et Megan. Elles ont accepté de jouer le jeu et ont retranscrit l'une de leurs souffrances sur un morceau de papier, qui sera ensuite jeté dans le feu de camp préparé par Sid, sur la plage. Megan a ramassé de la lavande pour parfumer la fumée. Elle a rempli une Thermos de café et une autre de cacao. À la demande de Chloé, Sid a fait des sandwichs au chocolat. Elle souhaite les faire griller sur la plage, même s'il trouve un peu étrange de pique-niquer sur les cendres de leurs rêves brisés. À moins que ce ne soit une excellente idée ? L'avenir le dira.

Gauvain est assis dans la salle à manger avec Fariza. Il froisse feuille après feuille et les jette rageusement par terre. Fariza s'empresse de les mettre dans la corbeille à papier. Écrire ses chagrins est manifestement plus difficile que Gauvain ne l'avait cru.

Sid ne sait pas ce que son frère a dit à Fariza, mais il trouve qu'elle va plutôt bien, même si elle semble un peu mélancolique. Il la comprend. Il ressent la même chose. Sa contribution à la cérémonie sera les six dernières pages de la saga de Billy. Il a encore dans sa poche l'histoire de Fariza.

Lorsque Gauvain et Fariza les rejoignent, Gauvain tient une feuille arrachée d'un bloc-notes jaune, noircie recto verso. Tous les regards convergent vers lui tandis qu'il la plie et lui donne la forme d'une fleur de lotus, fleur qu'il tend à Fariza. Médusée et intriguée, la petite fille le regarde comme s'il venait juste de tirer un poulet vivant de son oreille.

— Tu connais la technique des origamis ? s'étonne Sid.

Gauvain baisse la tête et marmonne :

— Ouais, Devi m'a appris à les faire, il y a longtemps. Ça t'en bouche un coin, non ?

— Et comment ! rit Sid. C'est chouette.

Il se demande quelles autres surprises Gauvain a en réserve. Peut-être est-il un adepte du crochet ou de la mandoline ? Tout semble possible avec lui.

— Fais-m'en un ! ordonne Chloé en lui tendant sa feuille de papier rose.

Il la transforme aussitôt en un lis parfait. En quelques minutes, la table de pique-nique est recouverte d'origamis de grenouilles, de bateaux, d'oiseaux, d'insectes, de chiens et de chats. Seules les feuilles que Sid vient de rendre à Fariza ont échappé à la métamorphose.

Ils prennent alors le chemin de la plage, Fariza au milieu d'eux, son texte dans une main, Fred dans l'autre.

Le feu de camp se compose d'un entrelacs de branches, surplombé de papier journal froissé, de petit bois, et de brins de lavande. Les étoiles de cette nuit sans vent sont si brillantes qu'ils n'ont pas eu besoin de prendre de lampes de poche.

— Vous êtes prêts ? interroge Sid.

Ils font signe que oui.

— Nous allons procéder par ordre : de la plus âgée à la plus jeune d'entre nous.

Il craque une allumette, l'approche du journal et observe la flamme qui se met à lécher le petit bois. Lorsque le feu est bien vigoureux, Elizabeth s'avance et lâche ses deux petits origamis de grenouilles dans les flammes. Un pour Devi, un pour Gauvain, imagine Sid. Le chien en papier de Megan vient ensuite ; il incarne une peine connue d'elle seule, à laquelle Sid n'a pas accès. Puis vient son tour. Gauvain a transformé la dernière histoire de Billy en six personnages différents : un cheval, un serpent, une fleur, un bateau, un chapeau et un oiseau. L'un après l'autre, Sid les jette dans le feu. L'un après l'autre, ils s'enflamment et disparaissent. Sid tend la main pour effleurer la fumée qui s'élève.

— Au revoir, mon vieil ami ! murmure-t-il.

Chloé fond en larmes lorsque son lis prend feu. Elle glisse sa main dans celle de Sid. Il aimerait bien savoir ce qui la rend si triste, mais ils ont fait un pacte : personne n'est obligé de révéler aux autres ce qu'il a écrit.

Gauvain se lève et s'apprête à sacrifier son lotus jaune, mais il hésite. Sid se demande s'il va déplier la feuille et la lire, mais au lieu de ça, il déclare :

— Pour toi, maman.

Et il jette la fleur dans le brasier.

Fariza observe le lotus qui se rétracte et se change en cendres, puis elle se lève et distribue l'une de ses feuilles à chacun d'eux.

— Toi d'abord ! décrète-t-elle en désignant Gauvain.

— T'es sûre ? interroge celui-ci.

Elle fait un geste affirmatif, alors il se penche sur le bûcher et présente un coin de son feuillet aux flammes, avant de le lâcher. À tour de rôle, ils brûlent l'histoire de Fariza. Sid voit les mots se consumer peu à peu. Il inhale la fumée et, aussitôt, ses yeux piquent et pleurent. Il accueille avec joie ces larmes bienfaisantes.

Fariza jette elle-même le dernier morceau de papier, tandis que Chloé se met à chanter, légèrement faux :

When you're down and troubled,
And you need a helping hand...

Tous reprennent le refrain avec elle, y compris Fariza et Gauvain.

Ain't it good to know you've got a friend ?
You've got a friend

Fariza s'installe sur les genoux de Sid et, ensemble, ils regardent les braises mourir. Personne ne suggère de faire griller les friandises qu'ils ont apportées. Avant d'enterrer le feu, Sid dépose Fariza sur les genoux de Megan et prélève une petite pelletée de cendres. Après qu'elles ont refroidi, il passe d'une personne à l'autre, et marque leur front de cette poussière grise. À son tour, Chloé plonge l'index dans les cendres et le passe doucement sur le front de Sid. Alors qu'elle essuie sa main sur son jean, il a l'impression de sentir encore cette caresse rafraîchissante après la chaleur des flammes.

Le lendemain matin, en mangeant ses céréales, il remarque, amusé, que tous portent encore des traces de cendre sur leur visage. Lui aussi. Il sait pourquoi il ne les a pas effacées hier soir. En réalité, il regrette de ne pas en avoir conservé une petite quantité dans un pot pour l'emporter à Victoria, comme une sorte de piqûre de rappel pour lui-même, Gauvain, Chloé, et peut-être aussi pour Devi. Il a sentiment que, jusqu'à aujourd'hui, il n'avait pas compris le sens du mot « bénédiction ».

Il se sent coupable d'abandonner encore une fois Fariza. Il a essayé de lui faire comprendre que ce voyage serait très court. Mais le temps, ce n'est pas simple à expliquer. Deux couchers. Deux petits déjeuners. Deux histoires avant de dormir. Deux bains. Il choisit les livres que Megan lui lira quand il sera parti. Il lui donne son numéro de téléphone et lui dit qu'elle peut l'appeler quand elle veut. Elle semble aller bien, même si elle ne parle pas beaucoup, mais elle n'est jamais bavarde quand il y a du monde. A-t-elle toujours été ainsi, plus à l'aise avec les tête-à-tête ? Comme lui.

— Laisse la vaisselle, lui dit Megan. On s'en occupera, Fariza et moi. Tu n'as rien oublié ?

— Non, je ne crois pas. J'ai pris des vêtements de rechange, ma brosse à dents et mon iPod.

— Tu me passes un petit coup de fil quand vous serez arrivés ?

— Oui, maman.

Elle écarquille les yeux. C'est la première fois que Sid l'appelle maman.

— On sera de retour avant que tu ne te sois aperçue qu'on était partis, ajoute-t-il.

— S'il vous plaît, Megan, dites à Irena que je suis navrée de rater son rosbif, soupire Elizabeth. Je voulais passer la voir avant notre départ, mais…

— Mon andouille de petit-fils a encore fait le con ! claironne Gauvain. Précisez : mon andouille de petit-fils « noir », pour qu'elle sache que le Blanc n'y est pour rien…

Et il fait un clin d'œil à Sid.

— Dites-lui que moi aussi, je m'excuse, termine-t-il.

— Ce sera fait, rit Megan. Allez, filez maintenant. Sinon, vous allez manquer le ferry.

Chloé les attend au bout de l'allée, assise sur une énorme valise rouge.

— Deux jours, Chloé ! On ne reste que deux jours ! grogne Sid en descendant de voiture pour charger le monstre dans le coffre.

Mais la valise est étonnamment légère. Chloé claque le coffre et grimpe près de Sid, à l'arrière.

— Deux jours, certes, mais deux jours de shopping, mon cher ! Dans quoi crois-tu que je vais ramener tout ce que j'ai l'intention d'acheter ? Il va falloir te faire une raison.

Elle s'adosse au siège et soupire.

— Ne fais pas la grimace, je n'ai pas dit que tu serais obligé de m'accompagner dans les magasins.

Elle pose sa tête sur son épaule, tandis que la voiture embarque dans les entrailles du ferry. Ils restent sur le pont jusqu'au départ. Sid se penche à la balustrade et regarde sa maison. Il imagine Megan et Fariza en train de remplir le lave-vaisselle, de nettoyer le plan de travail, de secouer les sets de table. Après, elles iront peut-être se promener, ou alors elles feront la chasse aux mauvaises herbes dans le jardin. Megan lira une histoire à Fariza, puis la petite fera la sieste. Soudain, un éclair rouge illumine le porche : Fariza et Megan lui font signe en agitant un linge rouge, probablement une nappe. Il éclate de rire et lève les bras, même s'il doute qu'elles puissent le voir. Chloé crie dans la brise :

— HÉ HO !

Le ferry s'éloigne et ils montent dans le salon passagers, où Elizabeth et Gauvain jouent aux devinettes.

— Hé ! Devinez ce que je vois et qui commence par M ? lance Gauvain en fixant Sid.

— Laisse tomber, je ne suis pas d'humeur à entendre tes insultes, grommelle celui-ci.

— Hein ? Mais la réponse, c'était la « mer », « je vois la mer » !

Il semble si contrarié que Sid accepte de jouer. Il parcourt le salon du regard et s'arrête sur un couple au look posthippie en train de somnoler dans un coin, un chien endormi aux pieds.

— Devinez ce que je vois et qui commence par D, propose-t-il.

— De la dope ? suggère Chloé. Un dragon ? Des Doritos ?

— Un docteur ? Des dreadlocks ? Les Doobie Brothers ? suggère Elizabeth.

— Un diamant ? Une dorade ? Un dauphin ? s'écrie Gauvain en désignant la fenêtre.

Sid éclate de rire :

— Tu as déjà vu des dauphins, ici ?

Au moment d'ajouter « ducon », il s'abstient. Cela lui semble trop méchant, surtout après que son frère a dit « je vois la mer », et non « un merdeux » ou « un mongol », comme il s'y attendait.

— Vous donnez votre langue au chat ?

Ils opinent de la tête ; Sid désigne le jeune couple endormi :

— Je vois des dormeurs !

Gauvain renifle et grogne :

— C'est nul, on pouvait pas la trouver, celle-là ! À toi, Chloé.

Ils jouent jusqu'au moment de regagner la voiture. Personne n'a deviné aucun mot, mais ça n'a pas d'importance. Le temps a passé vite, et Sid n'a pas eu le loisir de réfléchir à ce qui l'attendait à l'arrivée.

Gauvain et Chloé branchent leurs iPod, pendant que Sid fait la sieste et qu'Elizabeth écoute une radio de musique classique. Ils ne s'arrêtent qu'une fois, sur une aire de stationnement, pour manger le pique-nique que Megan leur a préparé, et aller aux toilettes. Alors que la voiture s'engage dans l'allée qui mène à la maison de Devi, Phil sort du garage pour les accueillir :

— Vous avez fait bon voyage ?

— Épuisant, soupire Elizabeth. Je vais me rafraîchir un peu, et on file à l'hôpital.

— Mais on vient juste d'arriver ! Pourquoi tu veux y aller maintenant ? proteste Gauvain.

— Tu crois que j'ai conduit à tombeau ouvert toute la journée pour m'allonger en arrivant ? réplique Elizabeth. Range tes affaires, on part dans dix minutes.

— Je peux pas y aller demain ? Je suis fatigué…

— Moi aussi, réplique Elizabeth. Phil a dit à ta mère qu'on passerait la voir aujourd'hui, et c'est ce qu'on va faire, fatigués ou non.

— Bon, d'accord, soupire Gauvain.

Et il se faufile à l'intérieur, les épaules courbées.

— Tu t'installes à nouveau dans la mezzanine, Sid ? demande Phil. Ou Chloé, si elle veut. Dans ce cas, prends mon lit, les draps sont propres. Moi, je dors chez Devi, avec Gauvain, jusqu'à ce qu'elle revienne.

— Quand doit-elle rentrer ? interroge Sid.

— Dès que son état sera stabilisé. D'ici deux semaines. Un peu plus, peut-être.

Sid hoche la tête et se dirige vers le garage.

— Tu préfères la mezzanine ? demande-t-il à son amie, qui est en train de sortir sa valise du coffre.

— Non. Pas question de monter avec ce monstre par l'échelle !

Elle lui emboîte le pas en tirant sa valise, heureusement équipée de roulettes.

— Tu vas les accompagner ? s'enquiert-elle.

— Maintenant ? Non. J'irai demain. Avec toi. Et je ne resterai que quelques minutes.

— Tu es sûr ? Tu veux vraiment que j'aille à l'hôpital ? Je ne suis rien pour elle. Et tu auras peut-être envie de lui parler… en privé.

— Tu n'es pas « rien » pour moi. J'ai besoin de toi, Chloé. Pas d'Elizabeth, ni de Gauvain. Juste de toi. De toute façon, je doute qu'on parle beaucoup. Elle est assommée de médicaments.

— OK, OK. Je vérifiais, c'est tout. Tant que tu me laisses du temps pour faire du shopping, je suis d'accord. J'imagine qu'Elizabeth ne saura pas m'indiquer où se trouvent les boutiques pour les jeunes ?

— J'en doute, mais je t'ai parlé des deux filles qui m'ont aidé à retrouver Gauvain ? Amie et Enid. Elles, elles sauront, même si j'ai l'impression qu'elles préfèrent les vêtements vintage. Je voulais les contacter de toute façon, pour leur donner des nouvelles.

— J'aime bien le vintage ! Tu pourras les appeler ce soir ?

— Bien sûr.

Et il ouvre la porte du garage.

— Ça sent trop bon, ici ! s'exclame-t-elle alors qu'ils traversent l'atelier.

Sid ouvre la porte du petit appartement.

— Ooooh ! Ce que c'est mignon ! s'enthousiasme Chloé.

— Attends d'avoir vu la salle de bains ! Devi a décoré les murs de la douche avec de la mosaïque. C'est à la fois beau et flippant.

Il hisse son sac sur la mezzanine et s'allonge un moment pour contempler le ciel. Il entend Phil qui parle à Chloé, lui fait visiter les lieux, lui offre à boire. Il perçoit le bruit du moteur de la voiture d'Elizabeth qui part à l'hôpital. La porte du garage s'ouvre et se ferme. Les voix de Phil et Chloé s'éloignent dans le jardin. Un vol en patrouille d'oies du Canada passe au-dessus de sa tête. « Les oies sont de bons présages, décide-t-il. Pas comme les corneilles. Les oies aiment l'ordre, la vie en communauté. On peut compter sur elles. Peut-être vont-elles sur l'île de Jimmy Chicken ? »

Le rire en cascade de Chloé arrive du jardin, aussi léger que des bulles de soda. Pétillante et amusante Chloé ! Il se sent apaisé. Bien plus qu'il ne l'aurait cru. Il sait pertinemment que demain, ses sentiments ne seront sûrement plus les mêmes, mais aujourd'hui, il va bien. Il est là pour soutenir son frère et sa grand-mère. Il a choisi de venir. Sa meilleure amie est là aussi. Il va se débarrasser de cette visite à Devi, puis il rentrera à la maison. « C'est aussi simple que ça ! » pense-t-il en s'abandonnant au sommeil.

Sur un nuage

LE LENDEMAIN, après le petit déjeuner, Phil conduit Chloé et Sid à l'hôpital. Elizabeth est déjà sur place, Gauvain dort encore.

— La visite d'hier a été dure pour lui, leur explique Phil en arrivant à l'hôpital. Devi est mal en point...

Il n'en dit pas plus, laissant Sid s'imaginer une femme à la mine défaite, sale et mal coiffée. Une démente attachée à un lit d'hôpital.

Au fur et à mesure qu'ils approchent du service de psychiatrie, situé au dernier étage, le bien-être que ressentait Sid depuis la veille s'évanouit. Il n'aurait jamais dû accepter de regarder *Vol au-dessus d'un nid de coucou* avec Chloé. Il lui prend la main. Il a la bouche sèche et les paumes moites. Il espère que son amie ne lui en tiendra pas rigueur. Elle serre sa main et murmure :

— Ça va aller...

La porte s'ouvre sur un couloir vert défraîchi, qui mène au bureau des infirmières. Celui-ci surplombe un salon meublé de vieux canapés et de tables basses cabossées. *Happy Days*, la série télévisée, passe sur un grand écran que fixent une demi-douzaine de patients d'un œil absent. Aucun ne réagit lorsque Fonzie s'exclame : « Un sapin, ça doit être illuminé, parce que, sans ça, ça ressemble à une pizza qui n'aurait pas de mozzarella ! », une réplique aussitôt saluée de rires enregistrés agaçants.

Phil s'arrête au bureau pour signaler leur arrivée.

— Elle va mieux aujourd'hui, déclare une jeune infirmière du nom de Sandra.

Comme toutes ses collègues, elle est habillée avec ses propres vêtements : jean, baskets, T-shirt joyeux. Elle sourit à Sid et Chloé :

— C'est la première fois que vous venez ? C'est un peu spécial ici, je sais. Mais rassurez-vous, je ne suis pas Miss Ratched et on ne pratique plus la lobotomie depuis longtemps !

Avant que Sid n'ait le temps de réaliser que, premièrement, Sandra semble avoir lu dans ses pensées, et que, deuxièmement, elle possède un phénoménal humour noir, la jeune femme sort un diagramme :

— L'état de Devi s'est un peu amélioré. Les visites de sa famille l'aident à reprendre pied, même si on doit veiller à ce qu'elles ne l'épuisent pas.

Phil hoche la tête, puis il guide Sid et Chloé dans un autre couloir vert, qui dessert les chambres. Certaines sont ouvertes, et Sid peut apercevoir les patients allongés sur leur lit. Aucun ne ressemble à Jack Nicholson. La plupart portent le pyjama de l'hôpital, et semblent très abattus. Quasiment tous tournent la tête vers leur fenêtre grillagée. Aucune chambre n'est décorée. Lorsqu'ils arrivent devant celle de Devi, Sid recule d'un pas. Il se sent mal.

— Je vais les prévenir que tu es là, déclare Phil. Et vérifier si c'est le bon moment pour Devi.

Sid essaie de sourire, mais ses lèvres collent à ses dents. « Pour moi, ce n'est pas le bon moment », songe-t-il. Et il rebrousse chemin. Mais Chloé l'empoigne avec une force étonnante pour une fille aussi petite. Ses gènes de paysanne polonaise, probablement.

— Tu fais quoi, là ? siffle-t-elle.

— Je m'en vais !

— Pas question.

— Je ne veux pas la voir. C'était une mauvaise idée, il faut que je parte. Tout de suite. Je me suis trompé, ça ne me fera aucun bien.

— Qu'est-ce que tu en sais ? Et puis, tu n'es pas le seul concerné : Gauvain, Elizabeth et Devi le sont aussi, mon vieux !

— Fous-moi la paix ! Je m'en vais.

Il se dégage de la poigne de fer de Chloé, juste au moment où Phil sort de la chambre.

— Elle est prête, annonce-t-il.

Ses yeux se posent sur le visage de Chloé, puis sur celui de Sid.

— Ça va, Sid ?

— Il va très bien, répond Chloé, tout miel. N'est-ce pas, Sid ?

Elle se dresse sur la pointe des pieds et dépose une petite bise sur sa joue. Puis elle lui prend de nouveau la main et, ensemble, ils franchissent la porte. Phil la referme derrière eux. Il les attendra dans le couloir. Sid et Chloé se retrouvent plongés dans l'obscurité de la pièce ; la seule lumière provient d'une petite fenêtre étroite située en haut du mur. La chambre est horrible, déprimante, certainement la plus triste du service, mais Devi est tellement bourrée de médicaments que Sid doute qu'elle s'en aperçoive.

Elizabeth est assise à côté du lit, les mains sur les genoux, les yeux rivés à la silhouette allongée. Devi est extrêmement maigre. Sous la couverture, son corps ressemble à celui d'une enfant. Des boucles grises souples encadrent un visage anguleux, à l'exception de ses lèvres pleines, bien que craquelées. Elle a trois points de suture au front, un bras bandé, une perfusion branchée à l'autre. Ses ongles sont propres, coupés court, mais ses mains sont sèches et gercées.

Chloé s'avance vers le lit en tirant Sid.

— Je m'appelle Chloé, dit-elle. Et voilà Sid. Il est un peu dans tous ses états, mais je suis sûre qu'il va vite arrêter de se comporter comme un gros bébé…

Devi ouvre les yeux et tente de fixer son attention sur eux.

— Sid, murmure-t-elle.

— Il n'est pas toujours comme ça, continue Chloé. D'habitude, il est plutôt sympa, même s'il n'est pas très bavard, hein, Sid ?

Elle lui donne un petit coup de coude, mais Sid continue de fixer Devi en silence. « Elle est si petite ! songe-t-il. Toute perdue. Et si... – il cherche le mot juste – *vulnérable*. Comme un œuf de rouge-gorge tombé du nid. Rien chez elle ne mérite l'appellation de "mère" ou de "monstre". Rien du tout. »

Il se racle la gorge et lâche, d'une voix enrouée :

— Je ne sais pas quoi dire.

Devi hoche la tête :

— Idem.

Elle se met à tousser. Elizabeth lui tend un gobelet en plastique muni d'une paille coudée, comme celui que Megan utilise lorsqu'un enfant est malade.

— Les médicaments assèchent sa bouche, explique-t-elle tandis que Devi boit.

— Désolé que tu ne sois pas en forme, fait Sid. J'espère que tu vas vite guérir.

C'est idiot ce qu'il vient de dire, il le sait. Ce n'est pas comme si elle souffrait d'une maladie ordinaire et curable, comme la grippe ou une pneumonie. Mais sa bouche à lui aussi est desséchée. Son esprit également. Il espère que ce n'est que temporaire.

— Oui, souffle Devi.

Ses yeux se ferment et elle détourne la tête.

« C'est tout ? se demande Sid. Les grandes retrouvailles sont déjà terminées ? Une minuscule femme malade dans un lit d'hôpital, et trois petits mots… »

Il secoue la tête.

— Elle va dormir maintenant, annonce Elizabeth. Je sais que c'est difficile à comprendre, mais elle vient de fournir un effort colossal. Colossal.

Les larmes lui montent aux yeux tandis qu'elle lisse la couverture de Devi.

— Tu reviens demain, n'est-ce pas, Sid ? Elle voudra te revoir, je le sais.

« Comment le sais-tu ? » hésite-t-il à demander. Mais il reviendra, il a promis à Gauvain qu'ils iraient ensemble à l'hôpital pendant que Chloé ferait les boutiques.

— Oui, répond-il. Mais après, on rentre à la maison.

— À la maison…, répète une voix venant du lit.

Le lendemain, Sid note que Sandra accueille Gauvain en le saluant par son prénom. L'infirmière porte un T-shirt rose marqué d'une inscription : *Je me débarrasse de mes TOC… dès que je me serai lavé les mains une dernière fois !*

Gauvain contemple sa poitrine un long moment avant d'éclater de rire. « Impossible qu'il lui ait fallu autant de temps juste pour lire une phrase ! » note Sid en silence.

— Pas mal, votre T-shirt ! lance Gauvain. Mais j'aimais mieux celui de l'autre jour. Le paranoïaque.

Il se tourne vers Sid :

— Il est génial, celui-là ! C'était quoi la phrase exacte déjà, Sandy ?

— *Paranoïaque, moi ? Mais vous le seriez aussi si tout le monde vous courait après !* Les mecs l'adorent !

Sandra et Gauvain gloussent en chœur. Un vieux monsieur qui regarde la télé s'écrie, horrifié :

— Bon sang, l'aspirateur est en train de l'avaler !

Un autre lui intime de se taire.

— La routine ! commente Sandra. Tu peux aller voir ta maman, Gauvain, elle vous attend. Elle va beaucoup mieux aujourd'hui. J'ai appelé ta grand-mère pour lui dire qu'elle n'avait pas besoin de passer aux aurores. Elle m'a appris que tu venais avec Sid. Elle est en réunion avec l'équipe de Devi ce matin.

— Quelle équipe ? interroge Sid alors qu'ils traversent le hall en direction de la chambre de Devi.

— Le psy, l'assistante sociale, le nutritionniste, le kiné, le prof de yoga, le prêtre... Va savoir ! Peut-être le dalaï-lama aussi !

— Ce serait cool.

— Probablement.

Gauvain s'arrête devant la porte, ferme les yeux, et respire plusieurs fois profondément. Il inspire par le nez et expire par la bouche. Une technique de relaxation que Megan a apprise à Sid il y a quelques années. Devi a peut-être fait de même avec Gauvain.

Sid remplit ses poumons et les vide dans un soupir sonore : *pffft !*

— Le dalaï-lama serait fier de nous ! lance-t-il en poussant la porte.

Devi est assise dans son lit. Elle prend son petit déjeuner, une espèce de bouillie de céréales, un thé clair, un gobelet de jus d'orange. Pas très appétissant. La perfusion a été débranchée, mais la potence veille dans un coin. Devi repousse le plateau lorsqu'ils entrent.

— Mes garçons ! s'exclame-t-elle d'une voix un peu empâtée.

Elle tend la main vers Gauvain qui se penche pour l'embrasser. Sid reste au pied du lit.

— Merci d'être venu, Sid, déclare-t-elle. Tu n'étais pas obligé.

— Si. Gauvain m'aurait fait la peau, sinon !

Elle éclate d'un rire clair et profond, comme l'eau du lac préféré de Sid. Un son incongru dans cette pièce obscure.

— C'est vrai, Gauvain ? demande-t-elle.

— C'est possible, oui ! Sid est…

Il s'interrompt.

— Je suis quoi ? questionne Sid, qui s'attend à se faire traiter de « lopette » ou de « tapette ».

— Un peu lâche, dit Gauvain. Une sorte de pacifiste, ou un truc du genre…

— Vraiment, Sid ?

Devi sourit. Ses dents sont parfaitement rangées, mais jaunes, comme si elles avaient bénéficié des soins d'un

264

orthodontiste, mais n'avaient jamais connu la brosse à dents.

— Tu es pacifiste ou un peu lâche ?

Sid hausse les épaules.

— Les deux, je présume. Ça dépend de la situation.

— C'est une attitude très sage, approuve-t-elle.

— Très stupide, surtout ! rétorque Gauvain.

Il donne un coup de poing dans l'épaule de Sid, qui ne répond pas.

— Mamie m'a dit que…, reprend Devi.

Elle hésite.

— … Elle m'a dit que la mère de Sid t'avait invité chez eux jusqu'à la rentrée.

C'est la plus longue phrase qu'elle ait prononcée jusque-là, mais elle semble l'avoir vidée. Ses yeux se ferment et elle s'adosse à ses oreillers.

— Je peux y aller ? implore Gauvain.

— Tu as envie ? demande Devi sans ouvrir les paupières.

Gauvain hoche la tête, puis il réalise qu'elle ne peut pas voir son geste.

— C'est trop cool là-bas, maman ! s'écrie-t-il alors. Imagine-toi une petite île, avec un lac génial où Sid m'a emmené me baigner. Son père a dit qu'il m'apprendrait à pêcher. Je rentrerai à la maison dès que tu voudras. Quand tu te sentiras mieux. En tout cas, pour la rentrée, je serai là, c'est promis. Je pourrais te rapporter un saumon. Et Irena, la grand-mère de Chloé, fait de la confiture avec les framboises de son jardin. Si tu savais comme elle est bonne ! Elle m'en donnera un pot pour toi, je parie…

Devi ouvre les yeux et agite la main.

— Stop ! Stop ! Je la connais, cette île. J'y ai vécu il y a très longtemps, lorsque Sid était petit. Je suis sûre qu'il ne s'en rappelle pas.

Sid garde le silence. Elle a raison, mais quel intérêt de le confirmer ? Elle le fixe et soudain, ses yeux s'embuent :

— Tu as eu une belle vie.

Ce n'est pas une question.

— La meilleure, dit-il.

— Alors, c'est bien.

Elle se redresse dans son lit.

— Tu peux partir avec Sid, s'il est d'accord, bien sûr. Qu'en penses-tu, Sid ?

Il lève les yeux sur la minuscule fenêtre étroite, par laquelle on aperçoit un tout petit bout de ciel bleu. Un oiseau – pas une corneille, un étourneau plutôt – le traverse à tire-d'aile. Où peut-il bien voler si vite ? Va-t-il chercher de la nourriture pour sa famille ? Ou alors, il se laisse porter par un courant d'air… À moins qu'il n'ait un rendez-vous amoureux ?

Et lui, Sid, que pense-t-il de l'idée de repartir avec Gauvain ? Il aimerait que Megan soit là pour lui dire que faire. Quelques jours plus tôt, il était convaincu que ce serait la pire des idées. Il trouve toujours que son frère est pénible. Il se rend compte que la fin de ses vacances sera bruyante et surchargée si Gauvain rentre avec lui. Mais les

266

faits sont là : la vie de son frère est un cauchemar, pas la sienne. Impossible de le nier.

— Deux conditions, déclare-t-il enfin. Plus de bagarres, plus de gros mots. Oh, j'allais oublier : plus de vols !

Gauvain éclate de rire :

— Qu'est-ce que je te disais, maman ? Il est stupide. Ça fait trois conditions, pas deux, bouffon !

— Mettons-en une quatrième, tant qu'on y est, enchérit Sid. Plus de surnoms débiles !

— Bon courage ! rit Devi.

Sid se demande à qui elle s'adresse. Son intonation ressemble à celle de Gauvain.

— Merci, Sid, termine-t-elle.

Elle lui prend la main. Il espère qu'elle n'est pas moite.

— Remercie ta mère pour moi, dit-elle. Pour tout.

— OK.

— Je vais dormir maintenant. Sois sage, Gauvain. Je ne plaisante pas.

Ses yeux se ferment, Gauvain se penche et dépose un baiser sur sa joue.

— Soigne-toi, maman, murmure-t-il. À bientôt.

Il tourne les talons et sort de la pièce. Sid reste un moment à observer le visage de Devi endormie.

« Maintenant, je peux partir, songe-t-il. Je peux rentrer à la maison. Et je n'ai plus besoin de revenir, sauf si j'en ai envie. »

Il tend la main et caresse la joue creuse de la malade.

— Porte-toi bien, Devi.

Il sort et referme la porte derrière lui. Gauvain, qui l'attend dans le couloir, s'essuie le nez sur sa manche et lance :

— C'est bon, on peut y aller ? T'es prêt, trou de balle ?

— Oh, oui ! Je ne l'ai jamais autant été !

Dans la même collection :

Très vite ou jamais, de Rita Falk

À paraître :
Comme frère et sœur, de Clémence Guinot
Encore faut-il rester vivants, d'Anne Ferrier

Dépôt légal : août 2016

N° éditeur : 2016/0216

Achevé d'imprimer en août 2016 par CPI BLACKPRINT à Barcelone